216

AF476027

acq. 4921

NIHIL.
NEMO.
ALIQVID.
QVELQVE CHOSE.
TOVT.
LE MOYEN.
SI PEV QVE RIEN.
ON.
IL.

BIBLIOTHEQUE ROYALE

A PARIS.

Chez Eſtienne Preuoſteau, demeurant au mont S. Hilaire, rüe Chartiere.

M. D. XCVII.

NIHIL.

IAnus adest, festæ poscunt sua dona Calendæ,
Munus abest, festis quod possim afferre Calendis.
Siccine Castalius nobis exaruit humor?
Vsque adeò ingenij nostri est exhausta facultas,
Immunem vt videar redeuntis janitor anni?
Quod nusquam est potius noua per vestigia quæram.
Ecce autem, partes sese dum versat in omnes,
Inuenit mea Musa NIHIL, ne despice munus:
Nam NIHIL est gemmis, NIHIL est pretiosius auro.
Huc animum, huc igitur vultus aduorte benignos.
Res ea narratur quæ nulli audita priorum.
Ausonij & Graij dixerunt cætera vates:
Ausoniæ indictum NIHIL est Graiæque Camœnæ.
E cœlo quacunque Ceres mea prospicit arua,
Aut genitor liquidis orbem complectitur vlnis
Oceanus, NIHIL interitus & originis expers,
Immortale NIHIL, NIHIL omni ex parte beatum
Quod si hinc maiestas, & vis diuina probatur,
Nunquid honore Deûm, nunquid dignabimur aris?
Conspectu lucis NIHIL est iucundius almæ,
Vere NIHIL, NIHIL irriguo formosius horto,
Floridius pratis, Zephyri clementius aura.
In bello sanctum NIHIL est Martísque tumultu:
Iustum in pace NIHIL, NIHIL est in fœdere tutum.
Felix cui NIHIL est! fuerant quæ vota Tibullo
Non timet insidias; fures incendia temnit,
Sollicitas sequitur nullo sub iudice lites,
Ille ipse inuictis qui subijcit omnia plantis
Iunonis sapiens NIHIL admiratur & optat.
Socraticique gregis fuit ista scientia quondam.
Scire NIHIL, studio cui nunc incumbitur vni,
Nec quicquam in ludo mauult didicisse iuuentus?
Ad magnas quia ducit opes & culmen honorum.
Nosce NIHIL, nosces fertur quod Pythagoreæ
Grano hærere fabæ, cui vox adiuncta negantis.

NIHIL.

Multi Mercurio freti duce viscera terræ
Dura liquefaciunt, simul & patrimonia miscent,
Arcano instantes operi, & carbonibus atris,
Qui tandem exhausti damnis fractique labore,
Inueniunt, atque inuentum NIHIL *vsque requirunt,*
Hoc demetiri non vlla decempeda possit,
Nec numeret Lybicæ numerum qui callet arenæ.
Vel Phœbo ignotum NIHIL *est* NIHIL *altius astris.*
Túque (tibi licet eximium sit mentis acumen,
Omnem in naturam penetrans, & in abdita rerum)
Pace tua, Memmi, NIHIL *ignorare videris.*
Sole tamen NIHIL *est, & puro clarius igne.*
Tange NIHIL, *dicésque* NIHIL *sine corpore tangi:*
Cerne NIHIL, *cerni dices* NIHIL *absque colore:*
Surdum audit, loquitúrque NIHIL *sine voce; volátque*
Absque ope pennarum, & graditur sine cruribus vllis
Absque loco motúque NIHIL *per inane vagatur.*
Humano generi vtilius NIHIL *arte medendi.*
Ne Rhombos igitur neu Thessala carmina tentet
Idalia vacuum traiectus arundine pectus,
Neu legat Idæo Dictæum in vertice gramen,
Vulneribus sæui NIHIL *auxiliatur amoris.*
Vexerit & quanuis trans mœstas portitor vndas,
Ad superos imo NIHIL *hunc reuocabit ab orco.*
Inferni NIHIL *inflectit præcordia Regis,*
Parcarúmque colos, & inexorabile pensum.
O bruta Phlægræis pubes Titania campis,
Fulmineo sensit NIHIL *esse potentius ictu.*
Porrigitur magni NIHIL *extra mœnia mundi.*
Diíque NIHIL *metuunt. Quid longo carmine plura*
Commemorem? virtute NIHIL *præstantius ipsa,*
Splendidius NIHIL *est:* NIHIL *est Ioue denique maius.*
Sed Tempus finem argutis imponere nugis,
Ne tibi, si multa laudem mea carmina charta,
De NIHILO, *pariant* NIHILI *fastidia versus.*

FINIS.

RIEN.

A HENRY DE MESMES POVR ESTRAINE.

Traduict du Latin de Iean Passerat, en François.

QVELQVE CHOSE.

TOVT.

A PARIS,

Chez Estienne Preuosteau, demeurant au mont sainct Hilaire, rüe Chartiere.

RIEN.

A HENRY DE MESMES POVR ESTRAINE.

Traduict du Latin de Iean Passerat, en François.

VOICY le Dieu bifront qui requiert qu'on luy donne
A son heureux retour vne verde couronne
De quelque beau present dignement reuestue.
Sera doncques la grace de mon esprit si nue,
Et de ce mont sacré l'humeur si tost tary
Qu'il me voye venir vers luy vuide & marry?
Non, non, ie chercheray plustost & en tous lieux,
Ce qui ne fut iamais soubz la voulte des cieux:
Mais ma muse foulant çà & là diuers pas
A rencontré vn RIEN. *Ne le mesprise pas.*
Car RIEN *est plus prisé que l'or ou perle belle.*
L'œuure ton œil benin a le lire interpelle

Traictant de noz ayeulx vne chose inouye
Le reste est dechanté par belle poësie
De ces graues poëtes Grecs Latins, & Hebreux,
RIEN a esté laißé qui ne soit traicté d'eux.
Quelque part que ses yeux tourne Ceres la blonde
Ou le pere Ocean embrasse ce bas monde
RIEN est de sa naissance & de fin affranchy
RIEN d'immortalité, RIEN de tout heur blanchy.
Dont vient que l'on adore la majesté diuine
Qui de sa grand bonté aux mortels est encline.
RIEN plus que le clair iour est au monde agreable,
RIEN plus que le printemps & iardin delectable,
Florissant que les prez, & doux que le Zephire.
RIEN chaste, RIEN est saint lors que la guerre tire,
RIEN iuste en plaine paix, RIEN asseuré en tréue.
Heureux est qui a RIEN, & a qui RIEN ne gréue,
Celuy ne craint les feux larcins ny embuches,
N'außi du plaidoyer les terribles astuces.
Le sage de Iunon qui les plantes prefere
A tout humain remede, RIEN admire & reuere.
La science qu'auoit la troupe Socratique
Estoit de RIEN sçauoir: a quoy ores s'applique
Et demande plus RIEN la gaillarde ieunesse,
Car cela seul conduit à honneur & richesse,
Pytagore des febues abhorrit la semence,
En quoy est toute source de la concupiscence.
Combien a il de gens qui auecque grand cure
Fondent les mineraux a l'ayde de Mercure,
Et apres longs trauaux dilapidans leur bien
Par infinies nuitz reduisent tout a RIEN?

Nul iuste mesureur peut ce grand RIEN comprendre
N'y l'Arithmeticien le parfaict nombre entendre.
RIEN est plus esleué de ces beaux feuz celestes
RIEN incogneu aux raix de Phœbus sur celestes,
Voire (s'il est loisible de penser) a Dieu mesmes :
Et quand bien penetrant ton haut esprit, De Mesmes,
Les choses plus occultes recercher tu voudrois,
Toutefois ce grand RIEN ignorer semblerois.
Touche RIEN, tu diras que RIEN se peut toucher
Sans corps, regarde RIEN & RIEN à l'approucher
Tu verras sans couleur, aussi RIEN parle & ot
Sans le son de la voix, & RIEN vole bientost
Par le vuide de l'air sans aësles, immobile,
N'ocupant aulcun lieu, & sans os marche agile.
RIEN vtile aux humains plus que la medecine.
Que le Thessalien trauersant sa poictrine
Du fer Idalien vn piteux chant n'aporte,
N'y qu'aux crouppes d'Ida le bon Medecin sorte
Pour l'herbe du dictame recueillir de sa main,
Aux playes de l'amour RIEN est fort souuerain.
Et si le vieux naucher audela la noire onde
Passa l'amy fidele RIEN le rendra au monde :
RIEN peut flechir le cœur de Pluton irrité,
Ou le roüet Parcal arrester agité.
Les enfans de Titan ont sceu a leur ruine
Que RIEN est plus puissant que la foudre maligne.
RIEN s'estend au dehors l'enclos de l'vniuers
Les dieux craignēt ce RIEN mais quoy que par mes vers
Est il besoing au long ses forces raconter
Et le faire plus haut par dessus tous monter ?

RIEN plus que la Vertu est grand & splendissant,
RIEN passe la grandeur de Dieu le tout puissant.
Icy nous mettrons fin a ces subtils discours
De peur que si i'employe maints fueillets & maints iours
A discourir de RIEN, qui n'est chose crée,
Mes Vers comme de RIEN s'en aillent en fumee.

FIN.

Le Lecteur notera, ſi luy plait, que ce Rien ne peut ſi proprement conuenir au François qu'au Latin, parce qu'en celuy comme au Grec deux negatiues augmentent la vertu de la negatiue, en ceſtuy afferment & d'vne negatiue au contraire: mais vn bon entendeur accommodera la difficulté du langage à l'vtilité du ſens, lequel autrement n'eut rien valu.

THEODORI Marcilij

LVSVS DE NEMINE.

PARISIIS,
E Typographia STEPH. PREVOSTEAV, in via Aurigarum, è regione trium Creſcentium.

LVSVS DE NEMINE.

VER erat, & Zephyrus renouato flamine & prata
Pingebat violis omnia purpureis:
Mî curas trepida referebat imagine somnus,
Sub matutinis cantibus alituum.
Visus enim irascens iuxtim mî adsistere NEMO
Déque mihi oblito NEMINE multa queri.
Iámne, meo facti quondam tibi nomine versus
Et laudes, inquit, NEMINIS exciderunt;
At non sic meritus Sed enim te scilicet ipso
Debuerat NEMO carior esse tibi.
Desine, respondi, me incendere téque querelis
Crede mihi, transfert iam tua regna NIHIL.
Sublectúmque illud sua per vestigia carmen
Esse ait, & loquitur nil nisi vindicias.
Sic ego: sic NEMO contra. Timidissime rerum
Terret inanilogis te NIHIL opprobriis?
Cur non & culices, pappósque timere volanteis
Incipis, aut vmbra contremere ipse tua?

Erubui, dederátque nouas mi in carmina vires
Ipse pudor, cœpit vincere NEMO NIHIL.
Aut si quis negat hoc Plautino è semine pistor,
Conserere incipiant NEMO NIHIL*que manũ*
Bella per VTOPICOS *plusquam ciuilia campos*
Gliscent, de NIHILO NEMO *leget spolia*
At mihi Pomponi, reparato carmine nam te
NEMO *cupit noster visere, dexter ades.*
Qua sit stirpe satus NEMO, *qua præditus arte*
His volui numeris enumerare tibi.
Postmodò bella canã atq; horrẽtia NEMINIS *arma*
Et victum valida NEMINIS *arte* NIHIL.
Nunc referam solita mitißima carmina voce
Olim strenarum quæ tibi missa die.
Cùm mihi cura fuit, specie ne poscere dantis
NEMO *videretur munera pro affaniis.*
Atqui NEMO *etiam vel aegia munera spernit,*
Hamat inops, NEMO *nil nisi carmen* AMAT.
Ergo iubet ne se dubitem tibi mittere NEMO,
Semper enim mitti à paupere NEMO *solet.*
Nec metuit ne se venientem admittere nolis,
Nam tibi nolenti se dare NEMO *potest.*
Sed te velle scio. Quis enim ferus ostia claudit,
NEMO *vbi pro dulci munere missus adest?*
Omnibus est NEMO *sibi quàm iucundior ipse:*
Omnibus, & semper NEMO *placere potest.*
Osor & ille hominum Timon, tamen arsit amore

NEMINIS, hunc vnũ, atq; vnicũ amicũ habuit.

Cognitus est NEMO hinc ad sidera. Ianitor aulæ
Num rogitat (Quis tu?) NEMINE stante foris?
Fac tamen esse aliquem læua sic mente, ferisque
Moribus, vt quis sit NEMO, vel vnde roget:
Promptiùs expediam, volucres quàm nauita ventos
Enumeret, miles vulnera, pastor oues.
NEMO quidẽ sine patre potest, sine stẽmate nasci,
Nec tamen aut patris aut gentis honore caret.
NEMO etenim est vnus magna de stirpe nepotum
Illius, in Sicula qui regione satus,
Non ferro flammáve, suo sed nomine fecit
Dulichiæ præsens omina tuta rati,
ΟΥΤΙΣ enim est, sæuo dũ clamat in agmine fratrũ
Cyclops, quisque suas hi rediere domos.
Ille tamen furit, & sceleratum deuouet ΟΥΤΙΝ:
Sisyphides medio gurgite vela facit.
Hinc NEMO tibi noster. Ab his maioribus ortus
NEMO decus toto sparsit in orbe suum.
Nam quoties aliquis peccauerit: obuius ecce
NEMO statim, & se, qui fecerit, esse refert.
NEMO suo quemuis ita nomine protegit, vnũ hoc
Si potuit iudex credere, NEMO fuit.
Ergo siue domi, seu quis peccauerit extra.
Nil opus auctorem quærere, NEMO fuit.
Siue puer calicem domini, seu fregerit aulam,
Seu compilarit scrinia, NEMO fuit.

NEMO vel in bello si bis peccauerit, vsque
Integer, & nullo vulnere læsus abit.
Quin etiam benè quæ fiunt, facit omnia NEMO.
Victi alij cædunt NEMINIS ingenio.
Et meritò. Quis enim mercém ve, aut speret apisci
Præmia promeritis, qualia NEMO tulit?
Quis faceret quæ NEMO? simul susceptus in auras
NEMO, & multiplici præditus arte fuit.
NEMO simul sorbere potest ac flare. Duobus
NEMO simul dominis vtilis esse potest.
Nec tamẽ aut victũ à domino, mercém ve requirit:
Aura etenim venti viuere NEMO potest.
Nusquã est NEMO & vbiq; simul: mirabile dictu.
NEMO vias omnes itque reditque simul.
NEMO etiã vigilãs dormit: vigilátque sopitus,
Cùm loquitúrque tacet, cúmque tacet loquitur.
NEMO etiam quæ scit, nescit: tanti ille silenti est:
NEMO simul vera & falsa referre potest.
Flere putes, ridet: ridere putabis, at ille
Flebit, vel faciet, si vsus, vtrumque simul,
NEMO simul satur est atque esurit: æstuat, alget:
Nullis auxilijs, omnia NEMO potest.
NEMO etiam in cœlum quoties ita iusseris ibit,
Nudus enim pennis NEMO volare potest.
Adde quod est rigidæ virtutis NEMO satelles,
Non quales aulæ mobilis aura fouet.
Ergo sors quoties inimica reflauerit, omnes

Diffugiunt, miseri limina NEMO terit.
Respicit & Musas hoc NEMO tempore : vulgò
Cocta placent : NEMO docta probare solet.
Omnia vincere NEMO potest certamine nullo,
Solum illi negitat cedere velle NIHIL.
Et tamen hoc ipsum vincit quoque NEMO, suisq;
Captiuum adiungit NEMO NIHIL titulis.
NEMO sapit solus : NEMO sibi nascitur vni
Omnia scit NEMO, & solus vbique docet.
Quòque magis mirere, volunt scire ilicet omnes
Omnia, mercedem soluere NEMO cupit.
Scire libet tumido quot certent æquore fluctus?
Quot Libyæ sitiens corpora puluis habet?
Scire quot ardentes distinguunt æthera stellæ?
Expediet planè singula NEMO tibi.
Te quoque POMPONI, quo Sol nihil igneus vno,
Doctius in terris candidiúsque videt,
Moribus antiquis (dicam hoc præfiscini ut vnum)
Ingeniique acie, vincere NEMO potest.
Tollere nodosam poßit medicina podagram
Nescio, sed medicus tollere NEMO potest.
Cum Venus irata est, trepides si abrumpere curas
NEMINIS adiutus carmine sanus eris.
Quantula sed morbi est curatio, cùm quoque mortē
Omnia vincentem vincere NEMO queat?
Perfectum Cicero cùm Rhetora quæreret, omni
In genere, inuentus quis nisi NEMO fuit?

Qua memores fiant, Seneca aut tibi Lullius artem
Ostentare suam: sed dare NEMO *potest.*
Fia mathematici monogrammi, debeat orbis
Vt redigi in quadrum, quis nisi NEMO *docet?*
Visite in Vtopiam Chemistæ, visite flandi
Artifices, olidum sulphure & igne genus:
Sistere Mercurium, Lunam Solémque camino
Excoquere ardenti, credite NEMO *docet.*
Adspice quem solitus sapientem effingere Zeno,
Et geminum fratrem NEMINIS *esse puta.*
Qua ratione inquis? Dicam. Quia liber, & omni
Laude madens NEMO *solus in orbe viget.*
Nec miror est Ioue qui nutu tremefactat Olympũ:
NEMO *etenim quicquid Iuppiter ipse potest.*
Erga sua NEMO *est contentus sorte. Quid optet*
Qui paria immenso cum Ioue regna tenet?
Sed iam plura vetat NEMO *his adiungere: laudes*
NEMO *etenim surda respuit aure suas.*
Et metuo ni vela meæ citò legero puppis,
Ne mihi tam longum NEMO *poëma legat.*
Namque etiam benè tornatos, genióque vigenteis
Mirifico versus, carpere NEMO *potest.*
At tibi POMPONI *vir laudatissime, nostro*
Carmine quem NEMO *visere iussus, adit:*
Eueniat, NEMO *vt te sit florentior vsque,*
NEMO *suo Regi carior atque Deo.*

FINIS.

Quelque Chose.

A MONSEVR,
MONSIEVR DE GVILLON,
CHEVALIER, SIEVR DES ESSARS,
Conseiller du Roy, & Contrerool-
leur general de son artillerie.

A PARIS,

Chez Estienne Preuosteau, demeurant au mont sainct Hilaire, rüe Chartiere.

QVELQVE CHOSE.

A MONSIEVR, MONSIEVR DE GVILLON, CHEVALIER SIEVR DES ESSARS, Conſeiller du Roy, & Contrerool-leur general de ſon artillerie.

POVR n'eſtre point ingrat du bien & de l'honneur,
Que ſans le meriter, d'vn celeſte bon-heur,
Me faict de iour en iour voſtre main liberale,
Ie taſchoy de trouuer quelque eſtrene royale,
Pour vous la preſenter a ce premier bon iour,
Ou l'an vient commencer a refaire ſon tour.
Or ayant bien cherché, i'ay trouué l'aduerſaire,
L'ennemy capital, & oppoſé contraire
Du RIEN, qu'vn grand eſprit a ſi treshaut chanté,
Qu'il l'a preſque logé deſſus la deité.
Mais laiſſons le vanter de ſon RIEN les loüanges,
Qu'il les face voler iuſqu'aux peuples eſtranges:
QVELQVE CHOSE vaut mieux: qui l'oſera nier,
S'il ne vouloit le vray clerement renier?
QVELQVE CHOSE vaut mieux mille fois que l'agathe,
Que le fin diamant, que la tendre gagathe,

Que le riche rubis, l'amethiste pourpré,
Le beril, le crystal, le saphir azuré,
Que la verte esmeraude, & que la carchedoine.
La perle, le coral, l'onyce, la sardoine,
Et que tous les ioyaux qu'aporte l'orient.
QVELQVE CHOSE vaut mieux que tout l'or & l'argent
De ce large vniuers. I'estime QVELQVE CHOSE
Plus plaisante beaucoup que l'œillet, n'y la rose,
Que la blancheur du lys, n'y que toutes les fleurs,
Que l'Aube bigarrée en cent mille couleurs,
Qu'vn jardin arrozé d'vne claire fonteine,
Que des mollets Zephirs la doucereuse haleine,
Que le gay renouueau diapré richement,
Ayant le chef paré d'vn beau bigarrement,
Que le jour, que la lune, & que le soleil méme.
QVELQVE CHOSE est plus noble aussi qu'vn diadéme.
Prise tant que voudra Parrhase son rideau.
Timanthe son Cyclope, Apelle le tableau
De la belle Venus, Zeuxe sa Grecque dame
Miroir de chasteté, ou son Helene infame,
Ou bien le vif tableau des raisins tromp-oiseaux,
Phidie sa Mineruе, & autres œuures beaux:
QVELQVE CHOSE pourtant est bien plus pretieuse.
QVELQVE CHOSE est ẽcor pl⁹ rare & merueilleuse
Que ne fut Iupiter du champ Olympien,
Les murs de Babylon, le temple Ephesien,
Du Colosse orgueilleux la hauteur estonnante,
Que les fameuses tours dont l'Aegypte se vante,
Que le riche tombeau que feit faire Artemis
A Mausole, ou celuy d'vne Semiramis:
Bref que tout l'art diuin des colomnes, theatres,

Et des arcs triomphaux, & des Amphiteatres.
Les rebelles Geans sentirent autresfois
Le foudre punisseur du grand maistre des rois,
Qui terrassa leurs corps estenduz sur la poudre:
QVELQVE CHOSE est pourtant plus forte que le foudre.
La vertu ne se voit de noz yeux corporels,
Ains nous la cognoissons des yeux spirituels,
Toutefois on la cherche, on l'aime mesme absente:
QVELQVE CHOSE est pourtāt beaucoup plus excellente.
Et dauantage vn RIEN ne se peut conceuoir,
Toucher, flairer, gouster, ny entendre ny voir:
QVELQVE CHOSE se voit, se conçoit, s'oit, se touche,
Se flaire par le nez, se gouste par la bouche.
QVELQVE CHOSE se trouue en ce monde en tous lieux.
Son essence se voit en l'eau, l'air, terre, & cieux:
Mais RIEN n'est tousiours rien, il n'a aucune essence.
Cherchez tant que voudrez en Espagne, & en France,
Chez le Mede l'Arabe, & les Mahometains,
Et aux autres pays plus proches ou lointains,
En Escosse, Allemagne, Angleterre, Italie,
En Europe, en Afrique, & par toute l'Asie,
Passez si vous voulez iusqu'au monde nouueau
Sondez le ciel, l'enfer, cherchez en l'air, en l'eau,
RIEN ne si trouue point Ne croiez donc son chantre
Qui dit l'auoir trouué. Car s'il daigne, qu'il entre
En deuis auec moy, ie luy prouueray bien,
Qu'a l'heure qu'il pensoit auoir trouué le RIEN.
Il trouua QVELQVE CHOSE. hé n'est ce QVELQVE CHOSE
Des carmes tous-diuins, dans lesquels est enclose
La loüange du RIEN? quand donc il feit vn don
De son RIEN, il donna QVELQVE CHOSE de bon

Ainsi iadis ce Grec qui estoit le plus sage,
Et plus grand en sçauoir des hommes de son age
(Comme le tesmoigna l'oracle Delphien)
Deuant tous, en tout lieu, dist qu'il ne sçauoit RIEN:
Toutefois on trouua qu'il sçauoit QVELQVE CHOSE.
L'escholier studieux iour & nuit ne repose,
Ains estant enflambé d'vn loüable desir,
Tantost a lire Ouide il met tout son plaisir,
Ou arpente les mers que passa Sisyphide,
Or' il nombre les corps que le preux Aeacide
Feit trebucher par terre aux champs Dardaniens,
Qui furent la pasture aux oiseaux & aux chiens,
Cherchant l'occasion de sa grande cholere:
Puis ayant espuisé la fontaine d'Homere,
Il gouste le nectar de l'orateur Romain,
Ou de celuy de Grece: or' d'vne ardante main
Il happe en son estude vne Philosophie
D'Aristote, ou Platon: or' la Theologie
Le rauit tout à soy, ou bien noz saintes lois,
Seur appuy de l'estat des princes & des rois:
Et sage ce pendant pille de chasque liure
QVELQVE CHOSE de bon, qui luy monstre a bien viure.
Ainsi qu'en la saison du fleury renouueau
Nous voyons par les champs, en maint & maint troupeau
Voleter çà & là les soigneuses auettes
Sur mille & mille fleurs, or' sur les violettes,
Ore sur les œillets, & le doré safran,
Tantost sur l'aiglantier, & le thym hyblean,
Dessus la mariolaine, ou le lis, ou la rose,
Pour de chacune fleur amasser QVELQVE CHOSE.
Mais encore qu'on feust plus scauant que Platon,

Que le Stagiritain, que le grand Salomon,
Si auroit on encor QVELQVE CHOSE a apprendre,
Qu'on ne peut definir, ny sçauoir ny comprendre,
Les liures des Gregeois, & des doctes Romains,
Sont pleins diuinement de discours plus qu'humains,
Soit qu'ils ayent escrit, ou en carme, ou en prose:
Si ont ils neantmoins oublié QVELQVE CHOSE.
Or pourquoy le marchand ne craind point les brigans,
Le hazard de la mer, la rage des autans,
Le fer, le chaud, le froid, la gresle, la tempeste,
Et mille autres dangers qui menacent sa teste?
C'est pour se retirer en fin en sa maison,
Apres auoir acquis, en sa verte saison,
QVELQVE CHOSE pour viure estant vieil. Ainsi comme
La petite formi (fort bel exemple a l'homme
D'vn honeste trauail) laquelle preuoyant
L'hyuer qui doit venir, sans cesse va tirant
QVELQVE CHOSE, en esté, auec sa bouchelette,
Et l'adiouste a son tas, en sa creuse logette:
Puis elle ne sort plus, si tost que le vers-eau
Auec son aspre froid rameine l'an nouueau.
QVELQVE CHOSE peut tout, si la Parque ennemie
A tranché le filet de vostre fresle vie,
QVELQVE CHOSE pourra vous retirer du port
De la noire Iunon, & surmonter la mort.
Estes vous sur la mer en danger par l'orage?
QVELQVE CHOSE pourra vous garder du naufrage.
Si vous logez chez vous la dure poureté.
QVELQVE CHOSE pourra rompre sa cruauté.
Auez vous vostre esprit accablé de tristesse?
QVELQVE CHOSE pourra luy donner alegresse,

Si la fieureuse humeur vous tourmente le corps,
QVELQVE CHOSE pourra vous la chasser dehors.
Voulez vous marier vostre fillette tendre?
QVELQVE CHOSE aussi tost luy trouuera vn gendre.
Si l'amour doux-amer vous estoit odieux,
QVELQVE CHOSE a la fin vous peut rendre amoureux.
Mais si vous estes pris des beaux yeux d'vne dame,
QVELQVE CHOSE pourra appaiser vostre flame.
Estes vous detenu quelque part prisonnier?
QVELQVE CHOSE pourra de là vous deliurer,
Estes vous obligé pour argent a vn homme?
QVELQVE CHOSE pourra acquitter cette somme.
QVELQVE CHOSE autresfois feit descendre des cieux
Le grand Iupin d'enhaut, & prendre en ces bas lieux,
Ore la forme d'or, ou bien le blanc plumage
D'vn Cygne Caïstrin, tantost l'humain visage
De quelque pastoureau, ou d'vn Amphitryon.
Et QVELQVE CHOSE aussi feit monter d'Acheron
L'autre Iupin d'embas, & laisser ses tenebres,
Apportant a Ceres mille larmes funebres.
Vn chacun maintenant est prompt & curieux
D'amasser QVELQVE CHOSE. aussi ceux sont heureux
Lesquels ont QVELQVE CHOSE: on les prise, & honore,
Et comme demi-dieux le peuple les adore:
Sans cesse tous les iours les vont voir mille amis,
Et quelque part qu'ils vont vous les voyez suiuis
D'vn squadron de valets, de laquais, & de pages,
On s'oste du chemin pour leur faire passages.
Mais celuy qui n'a rien est tousiours mesprisé,
Et comme malautru d'vn chacun delaissé:
Il n'a aucuns amis, il n'a aucune suite,

Et

Et iamais en allant personne ne luy quite
Le haut lieu par honneur : or' l'vn le vient pousser,
Vn autre le moquer, fouler & harasser.
Noble peuple François, si tu daignois entendre
A ce petit discours, & si tu voulois rendre
L'honneur deu au Seigneur, le seruir, le prier,
Iour & nuit son sainct nom loüer, & inuoquer,
QVELQVE CHOSE pourroit appaiser la famine,
En ce temps malheureux, & sa fiere cousine
La peste abhominable, & nous donner la paix,
La paix tant desiree, & clorre, pour iamais
De Ianus Clusien la guerriere chapelle,
Garrotant au dedans la discorde cruelle,
Et la rebellion, le carnage, l'horreur,
Et la guerre sanglante, auecques la fureur.
Menez tant que voudrez vne vie ocieuse,
Vostre ame ce pendant, qui n'est point paresseuse,
Fait tousiours QVELQVE CHOSE, & sans se reposer,
Ore auecques le corps ne cesse d'operer,
Le nourrir & l'accroistre, & luy donner la vie,
Auec le sentiment : or' sans la Phantasie
Elle a sa volonté libre, & l'election:
Elle peut definir, faire diuision,
Cognoistre & conceuoir la chose vniuerselle,
La chose incorruptible, immortelle, eternelle,
Discourir brauement, croire en Dieu, l'honorer,
Et l'aimer, & le craindre, & en luy esperer,
Sans dependre du corps. Le resueur Epicure
S'est donc trop abusé, qui a fait sa nature
Fresle comme le corps, & subiette a perir.
Car alors qu'Atropos nous contraindra mourir,

L'ame fille de Dieu cherie, & bien-aimee,
Ne s'esuanoüira ainsi qu'vne fumee,
Mais malgré le destin, & son puissant effort,
El' sera QVELQVE CHOSE encore apres la mort.
Rien ne se fait de rien en la machine ronde:
De QVELQVE CHOSE est fait tout ce qui est au monde,
Car Dieu considerant, dès le commencement,
Que RIEN n'estoit pas bon, crea premierement
QVELQVE CHOSE confuse, & sans vie, & sans forme,
Obscure, mal plaisante, embrouillee, & difforme,
Dont il feit puis apres son palais azuré,
Qui fut, en mesme instant, richement surdoré
De cent mille flambeaux qui nous donnent lumiere:
D'icelle il feit aussi la nature legere
Du feu prompt, & de l'air, les oiseaux esmaillez,
L'element fluctueux, les peuples escaillez,
La grand mere Cybele, & tout ce quelle enserre
Dedans ses larges flancs, ou porte sur sa terre.
Hercul, Hector, Achil le rempart des Gregeois,
Alexandre, Cæsar, & plusieurs autres rois,
Ont bien sceu, & monstré, que pour acquerir gloire,
Et engrauer son nom au temple de memoire,
Faut faire QVELQVE CHOSE. Et c'est pourquoy aussi,
Monsieur, les ensuiuant, vous auez fait ainsi,
Vous ruant a trauers des plus chaudes alarmes,
Prouuant vostre vertu par la vertu des armes,
Et ayant remporté, pour vn noble loier,
Le beau titre & l'honneur d'vn vaillant Cheualier,
O que ne suis-ie donc QVELQVE CHOSE pour dire,
Et chanter dignement sur les nerfs de ma lyre
De vos rares vertuz le los bien merité,

Et vous eternizer d'vne immortalité!
Mais n'ayant pas tãt d'heur, cependãt QVELQVE CHOSE
A fait que maintenant i'escry, & ie compose
Ces petits auortons, qui n'ont eu les faueurs
Du Dieu porte-laurier & des neuf doctes sœurs:
Et neantmoins, Monsieur, (pardonnez moy si i'ose
Vous asseurer cela) si sont ils QVELQVE CHOSE.
Vn autre vous fera des presens sumptueux,
Nobles, dignes de vous, exquis, & pretieux,
Et toutefois en fin, quoy que ce soit qu'il donne
Ce n'est que QVELQVE CHOSE, *& feust-ce vne coronne.*
Si donc quelqu'vn s'enquiert que ie fay a present,
QVELQVE CHOSE *dira mon bel esbatement.*
Aussi a QVELQVE CHOSE *emploier sa ieunesse,*
Vaut mieux que ne rien faire, & languir en paresse.
Mais c'est trop arresté, Muse, en si bas discours
Esleue toy plus haut, d'vn plus agile cours,
Inuoquant Apollon, & sa troupe iolie:
Et puis tu trouueras, en la Philosophie,
Que QVELQVE CHOSE *obtient, pour sa capacité,*
Entre les transcendans, l'honneur de primauté.
Tu cognoistras aussi QVELQVE CHOSE *plus grande*
Que n'est vn Iupiter, ni que l'antique bande
Des fantastiques Dieux, qui ont esté mortelz,
Et estoient adorez comme Dieux immortelz,
Tu trouueras encor QVELQVE CHOSE *sacrée*
Plus haute infiniment que la voute ætherée,
De laquelle chacun sent bien la force en soy,
Mais on la cognoist mieux par vne viue foy.
Que par quelque raison: dont l'essence indicible,
Immuable, eternelle, & incomprehensible

Ne se peut conceuoir par nostre entendement.
Car QVELQVE CHOSE n'a fin ne commencement,
Et si est toutefois des fins la fin derniere,
Et de tout ce qui est la grand' cause premiere.
QVELQVE CHOSE, est aussi la source de beauté,
De puissance, bonheur, de vie, & de bonté.
QVELQVE CHOSE est tousiours a soymesme semblable,
Et a toute autre chose elle est tresdissemblable:
Elle nous fait les temps les saisons & les mois.
QVELQVE CHOSE commande aux tyrans & aux rois,
Les fait, & les defait, & est trop plus puissante
Que le cruel destin, & Fortune inconstante.
En fin QVELQVE CHOSE est tout ce que l'on peut voir,
Et ce qu'on ne voit pas, ce qu'on peut conceuoir,
Et qu'on ne conçoit pas, tressainte, & tresheureuse,
Creée de soimesme, vnique, & glorieuse,
Et plus que tout cela cent mille & mille fois,
Pour l'amour de laquelle, vn grand sage Gregeois
Esperant de iouir de la vie immortelle,
Ne douta point iadis de perdre la mortelle,
Bref tant plus Simonide autrefois contemploit
QVELQVE CHOSE tant plus obscure il la trouuoit,
Ainsi qu'il respondit a vn roy de Sicile
Qui auoit demandé chose trop difficile.
Ne vous estonnez donc, Monsieur, si ie fay fin.
Car il faudroit auoir vu esprit tout diuin,
Pour cõprendre, & traiter QVELQVE CHOSE infinie:
Et mon ame est humaine ignorante & finie.

FIN.

TOVT.
AV
TOVT PVISSANT.

LE MONDE.

QVATRAIN.

RIEN premier fuz en chaôs confondu,
Et par la forme QVELQVE CHOSE deuins.
Mais Dieu en fin a son TOVT ma rendu:
C'est pour venir a celluy qui ma prins.

D. O. M.

HIC. SI. NIHIL. QVICQVAM. VSQVAM. EST. QVOD RIDICVLVM.VNQVAM.AVT.IOCVLARE. PVTAVERIM. SI. OMNIA.PRO.MEO.SENSV.AC. DOLORE. VERE. AC.LIBERE. LOQVVTVS.SVM. SENSI. AVTEM.ET.DOLVI.QVOD.NEMO.NISI. OMNEM. PENITVS. SENSVM. ET. DOLOREM. ABIECERIT. SENTIRE. VNA. MECVM. AC. DOLERE. EX. ANIMO. NON. DEBEAT. HIC. SI. EORVM.DOLOREM.QVI.IAM.LVGEBANT. SIC. PAVCVLIS. NVMERIS. REFRICAVERO. VT. IACERE.IN.ACERBISSMOERORE.INCIPIANT. SI. IDEM. SVMMA. NVNC. IN. INDOLENTIA. VERSANTIBVS. ALIQVEM. DOLOREM. QVASI. MORSV. QVODAM. EFFECERO. QVICQVID. ID. EST. QVICQVID. ID. FVTVRVM. EST. ID. OMNE. TVVM.EST.HOC. AVTEM. VEL. ILLVD. ITA. SIT. NECNE. TV. SCIS. DOMINE. HOC. ENIM. MIHI. IGNOTVM.EST.ET. ILLVD. VEREOR. NE. NON. FVERIT. MIHI. ETIAM. SATIS. NOTVM. SED. VTCVNQVE. SIT. MISERERE. MEI. DOMINE. MISERERE. MEI.ET. ERIPE.ME. FVRORI. TVO. CVM. OMNIA. AD. INCENDIVM. ET. VASTITATEM. VOCABIS. SIC.INGREDI. MIHI. TECVM. IN. SANCTAM. TVAM. CIVITATEM. ÆVOQ. ILLO. SEMPITERNO. PERFRVI. NOMINIQ. TVO. CVM. SANCTIS. TVIS. BENEDICERE. LICEAT. CVI.SOLI.SIT.HONOR. LAVS. ET. GLORIA. IN. SECVLA. ET. IN. SECVLORVM. SECVLA. IN. ÆTERNVM. AMEN.

SOPHONIÆ, II. IOELIS, I. ISAIAE, LXVI.

Conuenite, congregamini gens non amabibilis, priusquàm pariat iussio quasi puluerem transeuntem diem: antequàm veniat super vos ira furoris Domini: antequàm veniat super vos dies indignationis Domini.

Quia prope est dies Domini, & quasi vastitas à potente veniet.

Quia ecce Dominus in igne veniet, & quasi turbo quadrigæ eius, reddere in indignationem furorem suum, & increpationem suam in flamma ignis, quia in igne Dominus diiudicabit, & in gladio suo ad omnem carnem: & multiplicabuntur interfecti à Domino.

Μὴ παρὼν ἀποδήμει.

TOVT.

AV TOVT PVISSANT.

IE t'offre TOVT, Seigneur, außi TOVT est à toy;
Reçoy TOVT de bon cœur en offrande de moy:
Et la flairante odeur des fleurs de mes premices
Me serue de parfum pour repurger mes vices.

Du RIEN de Passerat QVELQVE CHOSE nasquit.
Passerat pour vn RIEN vn bien grand los acquist:
Et celuy qui d'vn RIEN QVELQVE CHOSE a fait naistre,
N'a pas tiré sans los vn estre d'vn non estre.
De moy ie chãte TOVT. Au pris de TOVT qu'est RIEN.
Au pris de ce grand TOVT, QVELQVE CHOSE est vn riẽ.
Si RIEN & QVELQVE CHOSE ont merité de viure.
TOVT se lira par-tout, & viura par mon Liure.

Iadis TOVT estoit bõ, TOVT parfait, & TOVT saint,
TOVT retenoit de Dieu le caractere empreint,
De Dieu pere de TOVT: car la bonté diuine
Donna premier à TOVT & l'estre & l'origine.
RIEN n'estoit deuant TOVT, car TOVT estoit en Dieu,
TOVT estoit deuant Temps, Matiere, Forme, & Lieu,

Et bref TOVT *estoit Dieu, dont la source feconde*
A flots non tarissans foisonna TOVT *au monde.*
Ce TOVT *donc decoulant du surjon eternel,*
Retiroit, vray enfant, de l'esprit paternel:
Et son bien, son amour, & sa cure plus chere,
Estoit de ressembler en vertus à son Pere.
TOVT *s'addonnoit à Dieu*, TOVT *à Dieu recouroit,*
TOVT *n'estimoit que Dieu*, TOVT *son Dieu reueroit,*
TOVT *chantoit*, TOVT *vantoit l'ineffable puissance*
De l'eternel ouurier auteur de son essence.
TOVT *n'auoit autre soing que d'euiter le mal,*
TOVT *n'auoit autre bien que le bien principal,*
Et TOVT *à ce grand bien, seul, & incomparable,*
Se raportoit & mesme, & tousiours veritable.
Aussi TOVT *fleurissoit*, TOVT *estoit en honneur ,*
TOVT *abondoit en biens*, TOVT *estoit comblé d'heur,*
TOVT *venoit à souhait*, TOVT *croissoit en concorde,*
TOVT *n'estoit qu'vn amour*, TOVT *fuyoit la discorde,*
TOVT *viuoit par compas*, TOVT *par reigle & raison,*
TOVT *estoit en priere, &* TOVT *en oraison,*
TOVT *aggreoit à Dieu, qui, large en recompense,*
Faisoit couler sur TOVT *son heureuse influence.*
Mais la felicité, nourriciere d'orgueil,
Qui met au cœur l'oubly, & le cœur au cercueil,
Ayant bandé ses yeux du voile d'ignorance,
A TOVT *fait trebuscher du siege d'innocence.*
TOVT *a suiuy l'erreur : l'erreur pernicieux*
A clos à TOVT *la porte à la faueur des Cieux.*
O que l'aise & le bien aportent de mal aise!
Les esclaues Esprits, dans l'ardante fournaise

De l'Enfer tenebreux, ne fremiroyent d'horreur,
Effroyables Esprits! si le trop d'aise, & d'heur,
Ne les eust enfoncez des cimes supernelles,
Iusqu'au centre plus creux des ombres eternelles.
Toy qui te penses né pour te fondre en plaisirs,
Pour flatter ta charongne au gré de tes desirs,
Pour assouuir la faim de tes concupiscences,
A qui ne suffist pas vn monde de despences,
Qui ne penses en Dieu, qui mesprises sa Loy,
Qui cuides seulement que TOVT soit fait pour toy,
Qui n'as pitié du pauure, & l'Orfelin opresses,
Qui de la chair des tiens tes entrailles engraisses,
Qui n'as point d'autre Dieu que ton ventre, & ta chair;
Garde, helas! garde toy, garde de trebuscher.
Tu tiens entre deux fers l'egal de la balance,
L'aise qui t'a saisi, t'esbranle à sa cadance,
Ia tu penches bien fort, & le traict biaisant
File à file te fait vn fardeau plus pesant,
Et tantost feras tu, d'vne cheute profonde,
Vrler à longs aboys les abysmes du monde,
Si ce monstre plustost, qui forcene d'horreurs,
En t'ayant englouty n'apaise ses fureurs.
Quand les traistres Autans ont desbridé l'orage,
Le Pilote surpris coupe mast & cordage:
La nef si bien se lie à lié à l'eschine des flots,
Qu'elle semble en replis se serpenter le dos.
Les foudres horriblans sur le Tillac s'escrasent,
Despits de la frayeur de l'Apareil qu'ils rasent
Peslemesle blotty, qui, comme au parauant,
N'ose auancer plus haut ses Antennes au vent.

La nef entre le flot & le vent qui se glisse,
Va faire offrande au port à Neptune propice.
Resueille toy, Pecheur, d'vn si profond sommeil:
L'orage te surprend, mets moy bas l'apareil,
Dont ta chair est le mast, tes voluptez les voiles,
De peur de t'abismer dans les eaux eternelles:
Comba tes voluptez, & du sanglant duël
Va pendre la despouille au port de l'Eternel.

TOVT *est donc bien changé de son premier bien-estre!*
L'heur la fait orgueilleux, & l'orgueil mesconnoistre,
Et la mesconnoissance, engeance des enfers,
L'a fait triste sujet du mal & de mes vers.
Ie chante donc ce TOVT, *ainçois plustost ie pleure*
Ce miserable TOVT, *& le pleure à toute heure.*

TOVT *sçauoit qu'il estoit,* TOVT *ne sçait plus qu'il est:*
TOVT *se connoissoit bien, &* TOVT *se desconnoist.*
TOVT *seruoit bien à Dieu,* TOVT *ne sert qu'à soymesme:*
TOVT *aymoit la vertu,* TOVT *en son vice s'ayme.*
TOVT *estoit net & pur,* TOVT *est d'ordure infet:*
TOVT *estoit accomply, &* TOVT *est imparfait.*
TOVT *n'auoit qu'vne Foy,* TOVT *ne croit qu'à sa poste:*
TOVT *marchoit soubs la Loy,* TOVT *sãs Loy court la poste*
TOVT *estoit iuste & droit,* TOVT *n'a rien que le tort:*
TOVT *estoit en la vie, &* TOVT *est en la mort.*
TOVT *n'estoit que douceur,* TOVT *trẽpe en amertume:*
TOVT *esteignoit son feu,* TOVT *de brasier s'allume.*
TOVT *estoit calme & coy,* TOVT *de trouble s'esmeut:*
TOVT *viuoit sans ahan,* TOVT *auiourd'huy se deut.*
TOVT *s'esgayoit en ris, ores* TOVT *fond en larmes:*
TOVT *estoit lors en paix, ores* TOVT *court aux armes.*

TOVT eſtoit lors à tous, TOVT n'eſt plus qu'aux pl⁹ forts:
TOVT eſt mis à rançon, TOVT eſtoit libre alors.
TOVT ne ſe pilloit point, TOVT auiourd'huy ſe pille:
TOVT ne ſe gouſpilloit, ores TOVT ſe gouſpille,
TOVT ne ſe rongeoit point, TOVT n'a plus que les os:
TOVT ne ſ'engageoit point, & TOVT eſt en depos.
TOVT ne ſe briguoit point, TOVT auiourd'huy ſe brigue
TOVT ne ſe ligoit point, TOVT auiourd'huy ſe ligue.
TOVT eſtoit ſans trahiſon, TOVT eſt de trahiſon plein:
TOVT eſtoit ſans venin, & TOVT le couue au ſein.
TOVT marchoit touſiours droit, TOVT en tout endroit
TOVT ſe va reprochãt, TOVT eſtoit ſans reproche.(cloche:
TOVT ſuiuoit bon conſeil, TOVT à bon conſeil fuit:
TOVT cherchoit la clarté, TOVT ſ'eſgare en la nuit.
TOVT ſe venge auiourd'huy, TOVT pardonnoit l'iniure:
TOVT pour rien n'euſt iuré, TOVT pour rien ſe pariure.
TOVT eſtoit bon marchant, TOVT n'eſt plus que larcin:
TOVT alloit rondement, & TOVT ioüe au plus fin.
TOVT eſtoit lors ſans fard TOVT ſe farde à outrance:
TOVT auoit iuſte poix, TOVT a fauſſe balance.
TOVT alloit ſon chemin, TOVT rebroſſe ſon cours:
TOVT s'auançoit en mieux, TOVT s'empire touſiours.
TOVT ne vient qu'en ſueurs, TOVT venoit sãs main met-
TOVT promet sãs dõner, TOVT dõnoit sãs promettre(tre:
TOVT raportoit ſes fruits, & TOVT eſt infertil,
TOVT profitoit à tous, & TOVT eſt inutil.
TOVT tire à la grandeur, TOVT viuoit en ſimpleſſe:
TOVT n'eſt que vanité, TOVT n'eſtoit que ſageſſe.
TOVT eſtoit immortel, TOVT n'a plus de demain:
Auſsi TOVT eſt perdu, ſi Dieu n'y met la main,

Et trayne en ſa ruine vn deluge de pertes,
Que le ſiecle auenir ne verra recouuertes.
Miſerable trois fois, & quatre, & de tout point,
Qui penſe bien à TOVT & ne s'amende point!
Mais, ô plus miſerable! & dont le mal redouble,
Voire au double cent fois, & mille fois au double,
Dont le cœur endurcy n'eſt de ſon vice eſpoint,
Qui n'y penſe du TOVT & ne s'amende point.
Le reſte de ſes maux a-par-moy ie ſouſpire:
Et quand aurois-ie fait ſi ie voulois TOVT dire?
Pluſtoſt ie conterois les ſables de la mer,
Pluſtoſt i'arpenterois la region de l'air,
Pluſtoſt i'eſpuiſerois l'Ocean goutte à goutte,
Pluſtoſt ie nombrerois dans l'azur de leur voute
L'innombrable eſquadron des brandons allumez,
Qui flambent ſans matiere, & ne ſont conſumez.
TOVT ne ſe peut comprendre, & ſes mortels encombres
Surpaſſent l'infiny de l'infiny des nombres.
Si ay-ie, ô TOVT-puiſſant, pour TOVT à toy recours
N'abandonne point TOVT au declin de ſes iours,
Donne ta paix à TOVT par ta miſericorde,
Auerty ſi bien TOVT, que TOVT à toy s'acorde.
Iette tes yeux ſur TOVT, deſsille à TOVT les yeux,
Fay TOVT reſſouuenir de ſon antique mieux,
Ainçois du tien, Seigneur: fay que TOVT le connoiſſes
Et que d'or-en-auant TOVT ſuiue ton addreſſe.
Que TOVT t'ayt irrité, deſpité, blaſphpemé,
Que TOVT ait trop de ſoy vainement preſumé,
Que TOVT ſe ſoit ligué pour te faire la guerre,
Que TOVT ait coniuré de deſtruire en la terre,

Ton empire, ton nom, ton renom, & ta loy:
TOVT est vaint, ô Seigneur, TOVT est vain contre toy,
TOVT est encontre toy le pot contre la pierre,
Le pin contre l'esclat d'vn foudroyant tonnerre,
La paille au gré du feu, la poudre au gré du vent,
Qui peux d'vn seul souffler TOVT reduire à neant.
Et tu voudrois, Seigneur, d'vne inuincible entorce,
Contre vn si vain effort faire essay de ta force?
Quand bien en ton courroux tu aurois TOVT destruit.
Te reüßiroit-il, Seigneur, à quelque fruit?
Tu aurois pour vn temps assouuy ta vengeance,
Mais s'il te reuenoit vn iour en souuenance,
Or t'y reuiendroit-il, car, Seigneur, tu sçais TOVT;
S'il t'y reuenoit donc, que TOVT, iusques au bout,
Eust paßé par le fil de ta chaude colere,
Tu regreterois TOVT comme en estant le Pere.
TOVT t'a desobey, reçoy tout mercy;
TOVT estoit insensé, pardonne à TOVT außi:
Encores ne sçait TOVT ce qu'il fait à cette heure;
Donne à TOVT meilleur sens, & vne ame meilleure.
TOVT ne pourroit t'aimer en t'ayant mesconnu,
Si premier de ta grace il n'estoit preuenu:
Preuien donc TOVT bien tost de ta diuine grace,
Afin qu'il t'aime, ô Dieu, qu'il te craigne & t'embrasse:
Que par TOVT soit ton los, en TOVT, sur TOVT châté,
Par TOVT glorifié, magnifié, vanté,
Si que TOVT à ton vueil d'or-en-auant se tourne,
Et que TOVT à ta gloire heureusement retourne.
Or ay-ie TOVT chanté. Si quelqu'vn a de Dieu
La marque empreinte au cœur, & le cœur en bon lieu,

Qu'il prenne garde à TOVT, *& que sur* TOVT *il prie,*
Qu'il se prepare en TOVT, *que par* TOVT *il s'escrie,*
I'ay forfait auec TOVT; *& sache que le iour,*
Le grand iour du Seigneur ne fera long seiour.
La faudra-il que TOVT *rende à l'Eternel conte,*
Pour estre ou TOVT *heureux, ou* TOVT *confus de honte.*
O iour espouuantable! & terrible! & affreux!
Seigneur, ne me mets point du rang des malheureux!
Plustost n'en soient-ils nuls, plustost que TOVT *se chãge*
En bouches, & en voix, pour chanter ta loüange,
Si que TOVT *soit en vn, &* TOVT *en toy, Seigneur,*
Donc TOVT *à tout iamais puisse estre le sonneur.*

FIN.

LE MOYEN.

VOus qui faites brauer de l'vn à l'autre bout
Du Parnasse François, RIEN, QVELQVE CHOSE, & TOVT:
Qui faites galloper sur ta piste desclose,
Pour le pris de l'honneur, TOVT, RIEN, & QVELQVE CHOSE.
Mais qu'auez vous pẽsé? Quel defaut de fureur,
Quel peu d'Enthousiasme, & quelle extreme ardeur,
Ont peu tant commander à vos diuers courages,
D'enuoyer au Soleil ces bizarres ouurages?
Vous vous estes trõpez, vous ne sceutes pas biẽ,
Quelles choses estoient, TOVT, QVELQVECHOSE, & RIEN.
Bon Dieu que je me ry de l'erreur qui vous guide!
Vous prodiguez tous trois la source Aganipide,
Vous y beutes à tort: le Dieu de ce ruisseau
Ne veut que Quelque chose & Rien abusent l'eau.
Rien, qui n'est Rien, que Rien; & ce Rien, le Riẽ, mesme,
Sans ame, sans matiere, vn Rien en Rien extresme,
Vn Rien priué de corps, de principe & de bout;
Ne pouuoit deuenir Quelque chose, ne Tout.
Quelque chose non plus, que chacun peut resoudre
En vn peu plus que Rien, de Rien ne deuoit sourdre.
Et Tout, qui de son Tout, surpasse autant de cous
Quelque chose & le Rien, que le Tout a de tous;
Qui mesme a l'infini mille infinis oppose,
N'a peu se desployer sur Rien, & Quelque chose.
Rien ne conuient si mal, que le Tout, & le Rien;
Quelque chose jamais ne leur raporte bien;
Ils n'ont Rien de commun: si bien que de conjoindre

Rien, Quelque chose, & Tout, c'est le Chaoz rejoindre
Car de vray le Chaos, auant que ce grand Dieu
De chaque chose à part eust aßigné le lieu,
N'estoit Rien plus en soy, ni en Tout, comme il semble,
Si non le Rien, le Tout, & Quelque chose ensemble.

Toy, le premier des trois, qui t'abuses de Rien,
Qui sur vn Rien fantasque esmeus l'air Delphien,
Vn Rien imaginé, qui, leger, ne s'esgalle
Au moindre ventelet qu'vn Moucheron exalle:
Ne sçais tu que le Rien est mesprisé de tous?
N'es tu point de l'honneur plus que de Rien jalous?
L'espoir n'est point espoir qui sur le Rien se fonde:
Le monde fuit le Rien, si le Rien suit le monde.

Ah! je me pers du Tout, quand je voy ce sonneur
Monter son Quelque chose aux cimes de l'honneur;
Et d'vne docte voix, mais vainement faconde,
Preferer Quelque chose aux merueilles du monde.
O le bel argument! Quelque chose vn festu,
Braue donc en renom les fais de la vertu!
Quelque chose, vn bout d'aus, va surpassant la fame
Du Tombeau Mausolin, des murs de Semirame.
Hé! que ne faisiez vous Quelque chose icy bas,
O Sistrate, ô Phidie, ô Carez, ô Brias!
Et toy mesme, Archiphron! non point ces beaux ouurages,
Qui d'vn insigne front ont surmonté tant d'âges;
Puis que pour diffamer vos œuures merueilleux,
Quelque chose deuoit estre plus orguilleux?

Celuy perd son esprit qui le Tout se propose:
La puissance de Tout, en quelque part n'est close.
Celuy deuient Tout fol qui veut venir à bout,
Du nombre, du discours, & du sçauoir de Tout.

Mais vainement de Rien, ces termes je propose.
Rien ne voudroit quiter son Rien pour Quelque chose:

Et Quelque chose aussi, combien que presque Rien,
Ne laisseroit pour Tout Quelque chose du sien.
Tant chascun, qui tousiours se cuide le plus sage,
Plus que celuy d'autruy trouue beau son ouurage.
Las! que voz trois sujetz ont produit de sujetz,
De tout point malheureux, & de tristes objetz!
La France ore en son Tout, & en chasque part d'elle,
Pour Rien, pour Quelque chose, & pour Tout, se querelle.
Que si Dieu n'est bien tost LE MOYEN *de la pais,*
La France pert la France elle mesme à jamais.
Rien, Quelque chose, & Tout engendrent la discorde,
Et seul le seul MOYEN *enfante la concorde.*
Ie di que LE MOYEN *toutes chose maintient,*
Le monde par MOYEN *au monde s'entretient:*
Il n'excede jamais, il ne manque, il n'a faute,
Sa puissance en nul temps n'est ne basse ne haute.
Et de vray LE MOYEN, *moyennement heureux,*
De deux estres diuers n'est sinon l'entredeux.
Rien, Quelque chose & Tout, l'vn de l'autre aduersaires,
Sans, LE MOYEN *ne sont que des choses contraires.*
Sois tu le bien trouué, MOYEN, *digne cent fois,*
Et mille fois de los plus digne que ces trois!
Tu es le juge saint de leurs fortes querelles,
Qui seroient, ô MOYEN, *sans ton aide immortelles.*
Par toy, MOYEN, *le monde est encore debout,*
Sans toy le Rien encore eust englouti le Tout:
Et puis sans la vertu qui moienne s'oppose,
Tout n'eust jamais souffert hors du Rien Quelque chose.
O sacré saint MOYEN, MOYEN *que mes esprits*
Reuerent purement, de ton MOYEN *espris:*
Donne moy LE MOYEN *de celebrer au monde,*
LE MOYEN *infini du* MOYEN *qui t'abonde.*
O combien il est bon, ô combien il est doux,

D'estre pres du MOYEN, ou de l'auoir chez nous!
Par luy nous faisons Tout: en vain le Rien s'oppose
Contre nos volontez, pour faire Quelque chose.
LE MOYEN est heureux sur Tout l'heur d'icy bas:
LE MOYEN est louable en Tout genre d'estas.
Qui laisse LE MOYEN, en vain à Tout s'amuse:
Et qui tient LE MOYEN, Rien, de Rien ne s'abuse.
Il n'est que LE MOYEN pour Tout qui puisse Tout:
Il peut vn tout espars assembler en vn bout:
LE MOYEN peut changer les montagnes en pleines:
LE MOYEN peut tarir les sources des fonteines:
LE MOYEN peut conter au gré des curieux,
Tous les sablons des eaux, & tous les feus des Cieux.
LE MOYEN peut trainer contremont les riuieres:
Il peut montrer à sec les caues marinieres:
LE MOYEN (mais Dieu seul tient ces Moyens couuers)
Peut les flammes peser, & mesurer les Ers.
Diuin & beau MOYEN, puisses-tu de la France
Exterminer l'erreur, l'abus, & l'ignorance,
Asseurer son repos, & de tes fermes lois,
Contre vn vulgaire sot, garder le droit des Roys.
LE MOYEN fait par Tout, ce que Tout ne peut faire:
LE MOYEN n'est jamais à soy mesme contraire:
LE MOYEN, tout premier en toutes nations,
Inuenta LE MOYEN, & les inuentions.
LE MOYEN s'aduisa de la vertu des plantes,
LE MOYEN en tira des liqueurs guerissantes.
LE MOYEN a basti sans Roys, & soubz les Roys,
L'edifice du droit, des regles, & des Lois.
LE MOYEN aux humains a donné conoissance,
De l'auteur des Moyens, & de son excellence.
Et bref, les Artz sept fois des hommes approuuez,
Ont esté dans les ans par LE MOYEN trouuez.

LE MOYEN *fut encor l'architecte admirable,*
Qui premier desseigna ce Tout *esmerueillable :*
Ce fut luy qui s'estant à soy mesme enseigné,
D'vn monde de Moyens *se vit acompagné:*
Ce fut luy qui malgré les durtez de la pierre,
Comme vn plongeon dans l'eau, s'enfonça dans la terre,
En vit les intestins, & tira de ces mains,
Tous ces metaux diuers, l'vsage des humains.
LE MOYEN, *fut celuy qui flatant le riuage*
De la mole Thetis, dressa le nauigage:
Qui rendit les sapins l'vn à l'autre collez,
Familiers au trafiq, des Empires sallez.
LE MOYEN, *fut celuy qui des Maistres le Maistre,*
Tout ce qu'on vit jadis, feist jadis apparoistre.
LE MOYEN *fut celuy qui planta dans les eaux,*
Des forestz, des jardins, des Citez, des Chasteaux :
Et pour passer à sec le large des riuieres,
En planchers il vouta les pierres des carrieres.
LE MOYEN *fut celuy qui jusques dans les Cieux,*
Haussa tant de Palais, jadis audacieux :
Et faut que LE MOYEN *soit bien vn bien extresme,*
Puisque pour l'acquerir chascun se vend soy-mesme.
Si vous auez aussi LE MOYEN *en pouuoir,*
Vous auez LE MOYEN *vn iour de tout auoir.*
Si vous auez MOYEN, *Rien ne vous peut Rien faire,*
Vous ne trouuez iamais Quelque chose contraire.
Si vous auez MOYEN, *Tout endure voz lois:*
Tout tasche à vous complaire, & branle à vostre voix.
Sans MOYEN *au rebours* Tout *est manque en la vie,*
Ou bien l'on vit chetif, ou bien l'on meurt d'enuie.
Estes vous sans MOYEN? *vous estes sans amis :*
Vous auez l'eau, la terre & le ciel, ennemis.
Il le sçait qui l'espreuue en ce temps miserable,

Ou les meilleurs espritz n'ont aucun fauorable :
Ou les meilleurs espritz, contraints, changent, helas !
En quelque vil mestier, le mestier de Pallas :
A faute de MOYEN, *qui, de nouueaux Mecœnes,*
Entretiennent le cours de leurs fecondes veines.
Las ! combien en voit-on, qui loin de leurs maisons,
A faute de MOYEN *pourrissent aux prisons ?*
Combien en voyons nous, pauures de toutes sortes.
A faute de MOYEN *qui languissent aux portes ?*
Et combien en voit on, ô regard inhumain,
A faute de MOYEN *qui trespassent de faim ?*
Rien ne peut subsister sans LE MOYEN *du monde :*
Rien soit il infini, sans le MOYEN *n'abonde.*
Rien, quelque Rië qu'il soit, sans LE MOYEN *n'est pas.*
Rien n'est sans LE MOYEN *tant peu soit il ça bas.*
Quelque chose, ô Moqueur, les filles ne marie,
Notamment en ce iour, tout difforme d'enuie :
Ains c'est quelque MOYEN, *suiui d'vn autre encor,*
Tant l'on est amoureux du MOYEN *& de l'or.*
Tout preceda le Rien, qui veit Rien iamais estre ?
Mais Tout n'eust point esté, sans LE MOYEN *de l'estre.*
Et Dieu faisant de Rien Tout cela que l'on voit,
Ne feit que descouurir LE MOYEN *qu'il auoit.*
Car LE MOYEN *fait Tout : Rien n'est en quelque place,*
Que LE MOYEN *de Tout Quelque chose ne face.*
LE MOYEN *de parler me faudroit & les vers,*
Plustost que le sujet de ces Moyens diuers :
Ie tariroy premier tous les ruisseaux Delphiques,
Que les Moyens nouueaux & les Moyens Antiques.
Vn MOYEN, *de Moyens s'oppose à chaque fois,*
Que ie puisse arrester les accens de ma vois :
Et si i'entreprenoy d'en raconter les roles,
M'esgarant du MOYEN *ie perdroy mes paroles.*

Mais ie retourne à vous, chere race des Cieux:
Esprits doctement beaux, que le pere des Dieux,
Arma des le berceau, & sacra des l'enfance,
Pour honorer les Sœurs, & brauer l'ignorance.
Si dans les doctes plis de voz doctes cerueaux,
LE MOYEN d'enfanter ces ouurages nouueaux,
N'eust esté decelé par la sage Pucelle,
Que Iupin receloit, pere, dans la ceruelle:
Eußiez vous, dites nous, eußiez vous fait soufrir,
La presse à vostre Rien, afin de nous l'ofrir,
Comme l'object Tout neuf d'vne merueille esclose,
Heureusement suyuy du Tout, de Quelque chose?
Non, il faut confesser que LE MOYEN des Sœurs,
Vous exalla premier ses soufles rauisseurs,
Et vous grosit le cœur: car ce beau triple-ouurage,
Iamais sans ce MOYEN, n'eust emmeublé nostre âge,
N'eust iamais veu le iour, ny marqué vostre nom,
Contre les ans biffeurs, d'vn eternel renom.
Que ne me fait le Ciel, amy de ma ieunesse,
Riche du beau MOYEN qui foisonne en Permesse?
Que n'ay-je LE MOYEN d'ateindre par mes vers,
Außi bien comme vous, les rameaux toujours vers?
Hà! Muse que fais-tu? qu'elle immodeste enuie,
Fuit la Moyenneté, qui toujours t'a suiuie?
Quel desbordé souhait te roulle en ces erreurs,
Contraire au iugement de tes primes fureurs?
Tu reprouues ton dire, & ta volonté fiere,
Des mediocres desirs, sursaute la barriere?
Ne vois tu pas que Rien, que Quelque chose, & Tout,
Sont trois infinitez sans principe & sans bout?
Que ces infinitez, a leur triple Harmonie,
Ont iustement acquis vne gloire infinie?
Muse contente toy, reprime tes plaisirs,

Et dans vn loz MOYEN confine tes desirs.
Ne vole point si haut, ressouuien ta memoire
Des esprits difamez, trop afamez de gloire.
Pourette, que sçais tu, si le iour de noz iours,
D'vn fauorable ris, voudra luire à ton cours?
Que sçais tu, si les yeux d'vn siecle si sauuage,
Voudront tant seulement regarder ton ouurage?
Arreste donc icy, fais ton soir de ces mots,
La nuit de nostre temps, te conuie au repos.
Que veux tu plus courir? la flame iournaliere,
LE MOYEN donne-cœur, l'ardeur, & la carriere,
Te faillent aussi bien, & laissent à la fois
Ton ame sans discours, & sans ame ta vois.
Celuy qui n'a MOYEN de passer Quelque chose,
Est vn fol de Tout-point, si Rien, plus outre il ose,
Est certes temeraire en tant qu'il ne faut pas,
Au pas de l'impossible, auenturer ses pas:
Et puis, sans LE MOYEN, les emprises humaines
Sont des traces en l'Er, & des volontez veines.

FIN.

SI PEV QVE RIEN.

IAY d'vn bouillant desir toute l'ame eschaufee,
De vous dõner l'Estrene, au premier de l'ãnee:
Mais ie suis en grand peine, he! que pourrois-je
Qui peut bien satisfaire icy à mon desir? (offrir,
Des Prez, sagemẽt docte, au Tout-puissant tout dõne
Que peut-il donc rester pour donner à personne?
Ou rien, ou quelque chose. Or il y a long temps,
Que ce grand Passerat fist de tres-beaux presens
De rien, à ses amis: Presens que plus j'honore,
Que ceux qu'on va chercher dans le riuage More:
Et qui seront tousiours tres-chers aux bons esprits,
Qui seuls sçauent iuger de tout au iuste prix.
Aussi, vn Vandomois au temps de ces Kalendes,
De quelquechose fist d'agreables offrandes.
Si bien, que l'on recherche haut & bas, & par-tout,
Et tant que l'on voudra: chacun voira que tout,
Et quelque chose, & rien, sont ia pris pour E-
Voyez donc maintenant si ie suis bien en peine. (strene
I'ay bonne volonté, mais ie n'ay le moyen:
Vn gentil Auuergnac me priue d'vn tel bien.
Et quelqu'vn me dira: Vous venez à haute heure
Pour glaner en ce champ. Perte à qui trop demeure.
Mais il y a encor ie ne sçay quoy de bon,
Que m'a mis en la main quelque plus-sainct Demon:
Ie ne sçay quoy de bon, qu'afermer ie vous ose, (chose
Valoir bien le moyen, tout, rien, & quelque

Toutesfois il n'est tout, *ny* rien, *ny* le moyen,
Ny quelque chose *außi*: *mais c'est* si peu que rien
Ie dy, si peu que rien, *qui est vrayment estrange*
Et qui, a bien iuger, merite grand louange.
Car souuent on appelle & tout, *& vn grand bien,*
Et quelque chose *außi, du mot* si peu que rien.
Vien-ça si peu que rien, *que ie te sacrifie.*
Mais il faut que plutost ma main te purifie,
Pour obseruer icy des vieux Romains les loix
Trois fois donc ie te laue, & te baise trois-fois
Trois-fois ie t'enuironne, & trois-fois ie te iette
D'außi flairans parfums, que l'ambre, & la ciuette.
Prenez si peu que rien, *ie l'offre de bon cœur*
Maintenant pour Estrene, il a plus de valeur
Que le vulgaire sot, & ignorant ne pense:
Car tout, rien, quelque chose, *il égale en puissance.*
Il faut si peu que rien, *pour meriter de Dieu*
La benediction, & secours en tout lieu:
Vn verre d'eau tout froid, vne maille, vne obole.
Au liure des viuans bien souuent nous enrolle.
Il faut si peu que rien, *pour nous tirer d'icy,*
Et nous mener au Ciel, pour viure sans soucy.
Il faut si peu que rien, *pour changer l'influence,*
Que Saturne songeard cause à nostre naissance.
Il faut si peu que rien, *pour destourner l'esclat*
Du tonnerre bruyant, qui nos maisons abat.
Il faut si peu que rien, *pour destourner la pluye,*
Dont la cheute hors saison bien souuent nous ennuye.
Il faut si peu que rien, *pour l'homme garantir,*

Du danger que Tethis souuent luy fait courir.
Il faut si peu que rien, mesmes à la chandelle,
Pour conduire vne nef là où son veu l'appelle.
Il faut si peu que rien, pour arrester dans l'eau,
Du plus cruel pillard le plus-ailé vaisseau.
Il faut si peu que rien, pour donner de quoy viure,
A ceux que Pauureté en poste veut poursuiure.
Il faut si peu que rien, pour donner le bon-heur
A cil, qui de la bande est plus mauuais ioüeur.
Il faut si peu que rien, pour auoir d'vne dame
La faueur, si l'Amour vne fois vous enflame:
Mais, icy croyés-moy, ie vous aduerty bien,
Que pour la perdre aussi, il faut si peu que rien.
Il faut si peu que rien; si vous estes en guerre,
Pour faire trebucher vostre ennemy par terre.
Il faut si peu que rien au milieu des combats,
Pour oster tout le cœur, & le rendre aux soldatz:
Il faut si peu que rien pour surprendre vne vile.
Mais quoy? si peu que rien, est souuent plus habile,
Plus-subtil, & plus-craint, plus-nuisible, & plus-fort,
Que des plus-gros canons tout le plus grand effort.
Il peut souuentefois euenter vne mine,
Causant à l'ennemy tres-notable ruine.
I'ay veu si peu que rien, & quelque ingenieux,
Leuer sur vne tour tel fardeau, que trois bœufs
N'eussent peu seuls trainer sans se mettre en haleine.
Voyez si peu que rien releue de grand peine.
Si peu que rien encor conduira vn marchand,
D'Occident à midy, de la Bise au Leuant.

Dites : voyés-vous pas retourner maint ieune homme
Des Vniuersitez, qui n'en remporte en somme
Si non si peu que rien, dont il est plus content
Que cil, qui n'est à soy iamais assez sçauant ?
Si vous l'interrogez, s'il sçait la Rhetorique,
S'il a estudié à la Mathematique,
S'il entend l'Espagnol, s'il parle Italien :
Tout modeste il dira, I'y sçay si peu que rien,
Encore qu'il en aye assez de conoissance.
Voyla si peu que rien, n'ayme pas la vantance,
Quoy qu'il puisse souuent faire qu'vn ignorant,
Deuienne tout d'vn coup vn Prophete sçauant.
Vrayment vne fourmis n'est pas tant quelque chose
Qu'elle est si peu que rien : pourtant on la propose
Aux hommes pour exemple. Oyons donc Salomon,
Qui dit au paresseux : Fay ta prouision
Ainsi que la fourmis au temps le plus commode :
De peur qu'vn aspre hyuer beaucoup ne t'incommode.
Il faut si peu que rien, pour sçauoir le secret
De celuy, qui se pense estre homme fort discret,
De l'auoir sçeu commettre à vn fidelle chiffre :
Mais las! si peu que rien, bien tost le vous dechiffre.
Il faut si peu que rien, estant bien enseigné,
Pour entendre les arts, du Maistre illuminé. (prendre :
Manquant si peu que rien, maint n'a peu les com-
Qui dit, c'est vn réueur, que l'on ne peut entendre.
Vous m'auez souuent dit, ô docte Senateur,
Senateur tout-sçauant, de Tolose l'honneur,
Qu'il faut si peu que rien, pour dans nostre memoyre,

D'vn crayon Eternel former toute l'histoire,
Y peindre tout en somme. He! ie suis tout rauy,
Quand ie pense à par moy, tout ce que i'en ay ouy
Sur maint & maint sujet. Dieu qu'elle experience
En auez-vous cent fois donné en ma presence?
Et vous & vous encor, bel esprit Angeuin,
Vtile-curieux, moins humain que diuin,
Auec si peu que rien, vous faites des merueilles,
Qui sont en verité, plus grandes ou pareilles,
Que ce que fait vn autre auec grand appareil:
Aussi n'auez vous pas en cela de pareil.
Si nous oyons parler d'vn secret admirable,
Auant que le sçauoir, il est inestimable:
Apres l'auoir appris, il est si peu que rien.
Mais tel si peu que rien, est souuent vn grand bien.
Il faut si peu que rien, pour auoir des richesses:
Il faut si peu que rien, pour tomber en detresses.
Il faut si peu que rien, pour gaigner des amis
Il faut si peu que rien, pour les rendre ennemis.
Il faut si peu que rien, pour s'aquerir la grace
Des grands: si peu que rien aussi met en disgrace.
Il faut si peu que rien, pour monter en honneur:
Il faut si peu que rien, pour cheoir en deshonneur.
Il faut si peu que rien, pour rendre l'homme sage,
Qand il veut mediter d'vn autre le dommage.
Qui a si peu que rien, il n'est pas aux hazards
De voir souuent chez luy les trop courans soldars.
Auec si peu que rien, plusieurs font bonne mine,
Desquels n'est pas souuent fort grasse la cuisine.

Auec si peu que rien, comme vn peu de satin,
Nous voyons tel brauer, qui n'est rien qu'vn coquin.
Estés-vous quelque-fois saisi de grand colere?
Il faut si peu que rien, pour tost vous en distraire.
Estes-vous quelque fois à vous-mesme ennuyeux?
Il faut si peu que rien, pour vous rendre ioyeux.
Auec si peu que rien, à sainct Marc dans Venise,
I'ay veu maint acheter assez de marchandise.
Ie dy si peu que rien, comme est vn bagatin:
Toutes-fois on a plus pour luy d'eau que de vin.
Vrayment si peu que rien, a beaucoup de creance!
On luy met fort souuent dans la main la balance
De la Fille du Ciel: si bien qu'vn bon procés
Est par si peu que rien, souuent iugé mauuais.
Voyés-vous deux plaideurs dedans vne auditoire,
Criailler, enrager, sans rien parler de boire?
Si peu que rien, les prent, les mene sur le vin,
Et les rend l'vn à l'autre ou compere ou cousin.
Mais Dieu! nous auons veu assez d'autres querelles,
Que plusieurs ont iugé deuoir estre immortelles:
Dequoy si peu que rien, à destrempé le fiel,
Au breuage emmiellé d'vn amour mutuel.
Il fait souuent la paix entre les plus-grands Princes,
Qui tombent en discord pour villes & prouinces.
Aussi touchant nos loix, il faut si peu que rien,
Pour accorder Alfene, Africain, & Vlpien,
Voyez si peu que rien, se doit-il reconoistre
Accort? sage? & puissant? brief en tout vn grãd mai- (stre
Mais certes ie me plain de quelques Aduocats,

Greffiers, Solliciteurs, Procureurs, porte-sacs,
Sergens, chetifs recors : qui sont vrayes harpies,
Ou, pour les dire mieux, tres-horribles furies.
Que Madame Chiquane enuoye en ces palais,
Et les y tient à gage, & fait viure à ses frais :
Pour gesner, escorcher, & sucer goutte à goutte,
Tout le sang des plaideurs : puis faire banqueroute.
Tous ces monstres icy ne font conte de rien,
Et moins, & moins encor prisent si peu que rien,
Bien qu'il soit vn grand bien, & qu'il le signifie.
Mais las! n'en parlons plus, laissons-les, ie vous prie.
Voulés-vous cependant, auoir bien du plaisir,
Si quelque fois le temps vous rencontre à loisir?
De grace, discourez auec vn Alkemiste,
Qui soit egalement & sçauant & artiste :
Il vous dira bien tost, Il faut si peu que rien,
Pour de Rien faire Tout, & de Tout faire Rien.
Il faut si peu que rien, *pour du fuyant Mercure*
Arrester la vitesse, & changer sa nature,
Afin qu'il obeisse à Vulcan & à Mars:
Brief, qu'il soit vn esclaue en bute à tous hazards.
Il faut si peu que rien, *pour embellir la Lune*
Des rais d'vn clair Soleil: & brief qu'vne nuict brune
Apparoisse vn beau iour, non aux seulz chassieux,
Mais bien souuent encor aux plus-clairs-voyans yeux.
Vrayment si peu que rien, *a de la suffisance:*
S'il fait ce que l'on dit, il y a apparence.
Ie ne croiray pourtant tout ce que l'on en lit,
Et moins & moins encor tout ce qu'on m'en a dit.

Bien que ſouuentefois il reſponde en oracle,
Et qu'il ſemble à pluſieurs encor faire miracle:
Qu'il endorme les ſens, die quelle heure il eſt:
Qu'il reſueille au matin à l'heure qu'il nous plaiſt:
Qu'il arreſte le ſang à celuy-la qui ſaigne:
Que par moyens obſcurs le larron il enſeigne:
Qu'il face voir l'abſent au milieu d'vn criſtal,
Ou dans vn ongle vierge, ou dedans vn boccal:
Que d'vn art peu coneu il face aux Pyrenées,
Que toſt les mines d'or & d'argent ſoient trouuées:
Que braue Chirurgien il penſe le pourpoint
Au lieu du corps bleſſé, toſt guery de tout point:
Qu'il ſemble faire encor mainte, & mainte autre choſe,
Que la clef du Silence icy doit tenir cloſe. (leurs voir

Mais Dieu! ſi peu que rien, nous fait bien ail-
Que c'eſt ſur les pluſ-grands, qu'eſt pluſ-grand ſon pou-
Ceux la qu'on eſtimoit iadis foudres de guerre, (uoir
Soubz leſquels fremiſſoit le globe de la terre:
Ceux-la qui ont voulu de Princes treſ puiſſans,
Se metamorphoſer en horribles Tyrans:
Ceux-la que l'on à veus, tous bouffis d'arrogance,
Vouloir de tout vn monde auoir la iouiſſance:
Si peu que rien, les prend ſouuent pour ſon gibier,
Pluſ-ſuperbe qu'eux meſme, & pluſ-fort, & pluſ-fier.

Iadis ſi peu que rien, par la main d'vn Caſſandre
Triompha de la vie, & grandeur d'Alexandre.
Les vers, ſi peu que rien, au meurtrier d'innocens,
Dechirerent la peau, le priuant puis de ſens.
Les pous, ſi peu que rien, iadis par leur pointure,

Feirent

Feirent du grand Sylla vaquer la dictature.
Et brief vn petit ver prent pour son desiuner
Le cœur d'vn grand Tyran, sans point s'en estonner.
Donques Si peu que rien, est-il tres-admirable?
Aux pauures affligés est-il tres-profitable?
Respondez, je vous prie. he! dites-moy combien
Chacun doit maintenant priser Si peu que rien?
Neantmoins tel qu'il est, voyez ie le vous donne:
Prenez le donc de moy, pour vous je le façonne.
Mais outre le profit y à il point d'honneur
En ton Si peu que rien? dira quelque Seigneur.
Ouy da, si vous voulez vne braue deuise,
Prenez Si peu que rien elle fut jadis prise
Par le peuple Romain: au moins, ie sçay mes yeux
Auoir leu dedans Rome, en mille, & mille lieux,
Si peu que rien escrit en pierre tyburtine,
En marbre, & en porphire: & mesme en grosse ligne.
Or vous sçauez combien Si peu que rien au vent
Donnoit aux plus-grands Roys, plus grand estonnemẽt.
Toutesfois je ne veux qu'on me voye icy taire,
Que de Si peu que rien, chacun voit au contraire
Sortir communement mille & mille malheurs,
En desborder sur nous vne mer de douleurs:
Brief, qu'il ouure souuent le vaisseau de Pandore,
Dont il respand sur nous d'autre dragée encore,
Les guerres, les debatz les prises, les rançons.
Les enuies außi des plus-grandes maisons,
D'ailleurs ne prennent pas leur naissance ordinaire.
Mais, accusez plustost ceux qui veulent mal faire.

Or j'abhorre sur tout ce funeste auorton
Fils de Si peu que rien, *& de quelque Alecton,*
Qui jadis print quartier au milieu de la France,
Et depuis la pillée, & batuë a outrance.
C'est vn affreux Demon qu'on appelle Duel,
Que j'en voudroy banny d'exil perpetuel.
S'il l'estoit, & qu'encor à tous semblables vices
Elle eust donné congé, prenant pour ses delices
La foy, la Patience, auec la Charité:
Ie croy bien que le ciel, encontre elle irrité,
Auec Si peu que rien *appaiseroit la guerre,*
Qui la presque desia renuersee par terre:
La France, qui souloit rire de l'estranger,
Le voyant par sa faute en semblable danger:
Qu'vne paix enuoyoit par sa douce presence,
Et qui desia si fort se plaint de son absence.
Mais qu'il plaise au bon Dieu luy rẽdre ce grãd bien
Qu'il seul peut renuoyer auec Si peu que rien.
Face Si peu que rien *en brief ce bon office:*
Qu'il conduise tout seul au merité suplice
Le meschant, qui ne prent sinon qu'a grand plaisir
De voir tout par le fer, & la flame saisir.
Dieu vueille que ce soit, que ce soit ceste année,
Que de Si peu que rien, *soit la force admirée:*
Que de Si peu que rien, *on prise la valeur:*
Et qu'on luy donne autant qu'il merite d'honneur.
Ce pendant qu'il vous soit aujourd'huy vne Estrene,
De bonne volonté & bon-heur toute pleine.

FIN.

ON.

ON est depuis vn peu tout affolé d'escrire.
DE CHASTE, ON le veoit bien, &
n'en fait ON que rire.
ON escrit cependant: voire, & si ne craint ON
A tant de veins Escris d'abuser d'vn beau nom;
Et du plus vein de tous ON te donne l'Estrene:
Mais pour cela, DE CHASTE, ON ne s'en donne peine.
ON sçait que tes Lauriers eternellement vers,
N'atendent leur renom de la Muse & des Vers:
ON les dira toujours. ou s'ON chante tes Armes,
Tes Armes feront viure & la Muse, & les Carmes.
ESPRITS, dōt ON ne prise en ce temps les Escris,
Si jadis, comme encor, ON vous eut à mespris:
Que vous fist ON pourquoy, d'vne veine feconde,
Vous fistes voir & Rien, & Quelq̃ chose, au Mõde?
Et tout, & le moyen; que, depuis peu de jours,
Si peu que rien suiuit espris de voz amours?
ON vous fist composer, contre vous ON compose.
ON ne fait cas de Riẽ, ON blasme Quelque chose,
ON n'aprouue pas tout, ON ne veut du moyen,
ON ne se chaut si peu que de Si peu que rien.

*Voila qu'*ON *blasme autruy pour se louer soymesme.*
Mais que peut ON *aymer si soymesme* ON *ne s'ayme?*
Et combien qu' ON *pourroit toujours valoir son pris,*
Sans faire prejudice à tant de beaux Espris:
*Si sommes nous au temps qu'*ON *n'a credit en France,*
*S'*ON *n'a de vanité plus que de suffisance:*
Où s' ON *vouloit l'honneur par merite aquerir,*
ON *priseroit le plus ce qu'* ON *doit moins cherir.*

*Qu'est-ce dōc que l'*ON *dit, puis que c'est vn beau vice,*
Tascher en se vantant que sa gloire fleurisse?
Muse, si tu le sçais, ON *dit que tu sçais tout,*
*Dy moy ce qu'*ON *peut dire, & m'ayde cōme en* tout.

ON *se dit estre fait des l'enfance du Monde,*
Auoir veu le berceau de la Terre, & de l'Onde:
Et se promet ON *bien, en despit du Destin,*
De voir la fin du Monde, & ne voir pas sa fin.
Car comme ON *est moulé sur la forme Diuine.*
ON *se dit immortel comme son origine.*
ON *dist bien plus jadis: & chez le Peuple Hebrieu,*
Le Grec, & le Romain, ON *se fist nommer Dieu.*
Et sçait ON *pas assez qu'* ON *cuida, par audace,*
Dresser contre le Ciel vne lourde Terrasse?
Monter sur Osse Olympe, Osse Pelion?
Remuer Ciel & Terre? Alors, que disoit ON?
Mais d'vn foudre vengeur ON *fut porté par terre:*
Et touiours du-depuis ON *craignit le Tonnerre.*

Si ne fist ON *iamais plus rude guerre à Dieu:*
Et m'estonne comment ON *ne voit, en tout lieu,*
Le Ciel rougir d'Esclairs, & se fondre en Orages?

Tant ON luy dit par-tout, & luy fait ON d'outrages.
De trop d'aise ON s'aueugle & l'Esprit, & les Yeux
ON se dit commander sous Terre, & sur les Cieux?
Voir Minuit & Midy tout d'vne mesme œillade?
Manger les fers au feu, le Tonnerre en salade;
Changer les Mers en Terre, & les Terres en Mer;
Faire les plus hauts monts d'vn clin d'œil abismer;
Esleuer d'vn abisme vne roide montagne:
Et ie croy qu'ON apprist ce langage en Espagne.
Car, si tu ne le sçais, ON a bien voyagé.
ON a couru par-tout, ON a par-tout nagé:
De l'vn à l'autre bout, ON a veu tout le monde:
ON s'est mesmes plongé sous le plus creux de l'onde:
ON s'est coulé sous terre en abismes ouuers:
ON a plus fait encor, & volé par les airs,
Et si tu leus iamais les merueilles estranges,
Qu'ON escript des vertus, des Throsnes, & des Anges.
Et de tout le surplus inuisible à nos yeux:
Tu diras qu'ON a veu tous les secrets des cieux.
Ou s'ON te vient parler des peines effroyables,
Que donnẽt aux dannez, & que souffrent les Diables:
Tout plein de froide horreur qui saisira tes nerfs:
ON paruint, diras-tu, iusqu'au fond des Enfers.
ON a beacoup appris pendant ce long traict d'âge.
Soit de bien, soit de mal, en vn si beau voyage:
ON a bien conquesté, rodant par l'vniuers,
Et là veux-ie employer le reste de mes vers.
Tãt que le mõde est grãd, ne vous desplaise, ô Princes,
ON tient sous son pouuoir le Monde, & ses Prouinces.

ON commande par tout: & de seueres loix
ON se fait mesme craindre aux Cours des pl^9 grāds Rois
ON regarde sur eux: ON leur oste, ON leur donne,
Comme ON s'auise en fin, le Sceptre, & la Couronne:
Et vouloit-ON naguere au defaut des VALOIS.
Donner à l'Espagnol le sceptre des Gaulois..
DECHASTE, tu le sçais, & ie ne sçay, DECHASTE,
Ce qu'ON eut fait sans toy qui suruins à la haste.
ON t'en aime, ON t'en p ise: & ne sera iamais
Qu'ON n'en chante par-tout la gloire de tes faicts.
Si n'est ON point content, quelque grand qu'ON puisse estre:
Soit à droict, soit à tort, ON veut tousiours s'accroistre.
De là sourdent les maux qu'ON fait de toutes parts,
Le fer, le feu, le sang, la perte, & les hasards.
Vois-tu les beaux palais des Parlemens de France?
Car France de tout temps est feconde en engeance
De procés immortels: & seule en produit plus
Que le reste du monde, ou presqu'ON n'en voit nuls.
Mais vois-tu ces Palais? ON y tient la balance:
ON donne au mal la peine, au bien la recompe se.
De faict, que sçait-ON mieux que le mal, & le bien?
Mon Dieu! failliroit-ON à ce qu'ON sçait tant bien?
Que penses-tu sçauoir dont ON n'ait cognoissance?
Cent siecles ON le sceut parauant ta naissance.
Les sciences, les ars, & tout leur ornement,
Fust-ce qu'ON inuenta dés le commencement.
Puis, adioustant tousiours, ON pollit son ouurage:
Et si plus que iamais ON inuente en cest âge.

O que d'inuentions ON trouue a tout propos,
De leuer pour le Roy mille sortes d'imposts!
O que d'inuentions quand & quand ON descouure,
De peur qu'vn seul denier n'en puisse entrer au Louure!
Le Peuple ce pendant en piteux desarroy
Pense qu'on porte tout a l'Espargne du Roy.
Mais, SIRE, ON vous abuse: ON ne vous sert qu'à prendre:
Si peut estre ON ne prent, SIRE, afin de vous rendre.
Veit-ON le grand Homere enclos dans vne noix?
Vne teste d'airin auoir, & vol & voix?
Le Ciel dans vne glace esbransler ses estages?
Que vit ON de plus rare? on fist ces beaux ouurages.
Admires-tu les tours, & le Phare du Nil?
Babylone & ses murs? & l'ouurage subtil
Du superbe tombeau, l'honneur d'Alicarnasse?
ON bastit autrefois ceste superbe masse:
ON bastit le surplus, ou si l'antiquité
A plus que tout ceci quelque chose vanté.
ON vouloit bien plus fort si le grand Alexandre
Eust voulu de sa part comme ON vouloit despendre,
Tailler d'vn roc enorme, vn Colosse fameux,
Versant de la main droite vn torrent escumeux:
Et soustenant plus bas dans sa gauche vne Ville,
Capable d'habitans iusqu'a plus de dix mile.
Pourquoy ne l'eut on fait? desia tout au trauers
ON auoit fait passer les voiles & les mers.
Que scaurois-tu penser qu'ON ne scauroit pas faire?
Fay moy de la Nature en toy-mesme vn sommaire:

Rien n'est si grand que Dieu, si puissant, & si fort :
Et toutefois encor ON le mit bien à mort,
Puis te pleins auiourd'huy de ce qu'ON le mesprise,
Qu'ON blaspheme son nõ, qu'ON moque son Eglise,
Qu'ON fait du S. Esprit cent mille feins espris:
ON n'en fait point de conte, & n'en est ON repris.
ON sçait bien qu'autrefois ON fist de grands miracles:
ON rauiua les morts, ON rendit des oracles.
ON ietta les Demons hors des corps tourmentez,
ON deslia de sort les esprits enchantez :
En mille autres façons ON se fit admirable.
Mais auoit ON iamais rien osé de semblable ?
Ie me perds quand i'y pense : & quand i'y pense bien
Le plus qu'ON pourroit faire est beaucoup moins que rien.
Vn autre l'escrira. Mais qui pourroit escrire
Ce qu'ON fist, ce qu'ON dict, ce qu'ON peut faire & dire ?
Icy ie mets la borne aux plus braues esprits :
ON ne pourroit pas mesme, & l'eut on entrepris.
Soit donc aussi la borne à ce petit ouurage.
ON l'entreprist pour toy, Guerrier vaillant & sage,
DE CHASTE, l'heur de France, & le soing de ton Roy,
Qui veit a son besoin ta VALEVR & ta FOY:
DE CHASTE, dont le los moindre que les merites,
Fera tousiours sembler tes louanges petites.
Mais qu'en diroit ON plus? En toy, tout a la fois,
Quand ON voit tant a dire, ON demeure sans voix.

FIN.

IL.

NOurriçon de Pallas, bien-voulu de la Muse,
Si d'vn soin trop pressé ta charge ne t'amuse,
DV-PONT, vien voir Phebus, le pere des Espris,
Qui comme vn d'entre-nous, se laisse aller au ris.
IL dit qu'il ne luy chaut des bruits de la Commune,
Pourueu que son Ieu plaise à ton DE-LA-VERVNE.
Beaux Esprits, que ie suy d'égale affection,
Mais qui me deuancez d'âge & d'inuention,
Excusez ce discours, s'IL ose à vous se ioindre.
IL ne s'egale à RIEN, IL s'estime encor moindre (grand
Que PERSONNE. IL cognoit QVELQVE CHOSE plus
IL sçait que TOVT est dit. IL voit qu'en discourant
On fait cas du MOYEN qui n'a moyen de suiure,
Bien qu'IL auise vn autre en SI PEV QVE RIEN viure.
IL sçait qu'ON a tant dit, & si bien, que les vieux,
Les vieux peres Romains ne sçauroyent dire mieux,
Esprits, IL n'est ialoux de vos graces parfaites,
IL veut tant seulement rire comme vous faites.
Ie ne sçaurois aimer nostre siecle de fer.
IL a produit des maux pires que ceux d'Enfer.
IL a brouillé tout ordre. IL a meurtri son Prince,
IL a fait rauager nostre belle prouince
Au Marrane Espagnol. IL a dit au François
Qu'IL peut sans offenser deposseder ses Rois,
Les chasser, les bannir, & leur oster la vie.
IL a bouffi son cœur d'vne cruelle enuie,
Ardante, insatiable, à chercher les moyens

De pouuoir mettre à mort ses propres citoyens.
IL a masqué son front d'vne apparence belle,
IL a fait mettre au iour vne secte nouuelle
De ieunes affronteurs, de ieunes effrontez,
Parfumez, superflus, mignons des voluptez,
Qui par leur grands thresors pillez en nos Prouinces,
Egaleront tantost les reuenus des Princes.
Et puis nous auons veu, comme ces iours derniers
IL a manifesté les larrons vsuriers,
Limes sourdes sans bruit, chancres insatiables
Qui bien-tost eussent eu la fin des miserables,
Si quelcun ne les eut tourmentez à propos.
Heureux tourment pour vous, à qui desia les os
Auoyent percé la peau, pitoyables Schelettes:
Au moins ne viuriez-vous, comme encore vous faites.
Que veux-tu dauantage? IL a fait qu'en tout lieu
Et tout sexe, & tout âge oze parler de Dieu,
De sa religion, & de ses hauts mysteres.
IL s'est voulu monstrer plus sage que nos peres.
IL s'est persuadé que si dedans quelcun
Le Sainct Esprit habite, IL habite en chacun:
Puis d'erreur en erreur enflé d'outrecuidance,
IL vient de trebuscher en la mesconnoissance.
SEIGNEVR, qui vois d'enhaut les fautes des humains,
Qui pour leur chastiment tiens le foudre en tes mains,
Iuge tres-rigoureux, tres-iuste, tres-seuere,
Mais qui portez aussi le nom de nostre Pere,
Agneau plein de douceur, qui pour nous autrefois,
Ardant de charité souffris mort en la Croix:
Entens ce petit nombre, assisté de ta grace,
Qui met peine, SEIGNEVR, de te suyure à la trace.
IL t'inuoque pour nous, qui t'auons offensé,
Il te dit que ce siecle est vn siecle insensé,

Furieux, desbordé, qui de rien ne s'estonne,
Et que c'est bien raison que ta main luy pardonne:
Car de le chastier en ton ire, ô SEIGNEVR,
IL *n'en peut arriuer de gloire à ton honneur.*
Regarde-le plustost de tes yeux fauorables.
IL *pourra conuertir ses œuures miserables.*
En œuures de merite, & faire en ce bon heur
*Qu'*IL *recouure le sens auecques ta faueur.*
Esperons tout confort de la bonté diuine.
Dieu cognoist du pecheur la chetiue origine.
IL *sçait que sans sa grace* IL *ne peut faire bien:*
*Qu'*IL *n'a moyen aucun qu'*IL *puisse dire sien,*
Pour se desengager de la triste misere,
Où le tient arresté l'offense de son pere,
*Qu'*IL *est serf du peché, que nous le sommes tous.*
*Et c'est pourquoy l'on void qu'*IL *supporte de nous.*
Voy comme il a fait naistre au milieu de l'orage
Le soleil qui nous luit: comme IL *l'a rendu sage,*
Apres tant de malheurs, à croire en nostre foy,
Et le faisant meilleur, IL *l'a fait plus grand Roy.*
IL *fera tant encor, si delaissans le vice*
Nous voulons nous donner du-tout à son seruice,
Que la Paix reuiendra, que nous verrons la Paix,
Qui son bel Oliuier plantera pour jamais
Sur les portes de France: & malgré les années,
Ira continuant l'heur de noz destinées.
IL *vient de faire voir de dessus l'Auentin*
Le front de cette Vierge, alors que le Destin,
Voulant finir noz maux, d'vne sainte alliance
A rejoint en amour Rome auecques la France.
IL *se dit que le Tybre a tant chanté, qu'encor*
Ses flots murmurent FRANCE, *& sont deuenus d'or.*
DV-PONT, *je prens aussi pour augure fidelle*

Du retour de la paix en la saison nouuelle,
Le bien que Dieu nous fait d'establir dessus nous
Des gens de bien pour chefs. Au fort de son courroux
IL nous commit en garde à ton DE-LA-VERVNE.
IL nous le garde encor, ostant à la fortune,
Comme par le passé, toute prise sur luy.
Puis IL l'a voulu ioindre, augmentant nostre appuy,
Au sang d'vne maison, qui se dict en vaillance,
Et se dict à bon droict la plus noble de France:
Afin que de ces deux d'vn immortel renom,
IL n'aquisse quelcun tout vaillant & tout-bon.
IL t'a commis encor, Alcide secourable,
En desir de bien faire à ton Atlas semblable,
Vigilant, sans repos, de parole, & de foy,
Zelateur, comme luy, du seruice du Roy.
MVSE, qui le cognois, va me faire cognoistre.
Di luy qu'IL ne sçauroit se faire mieux paroistre,
Et racheter son nom de l'oubli du trespas,
Qu'en aimant, comme IL fait, l'vn & l'autre Pallas.
Di luy que son bien-faict iusques au cœur me touche,
Di luy que celuy-la qui parle par ta bouche,
Caresse ses vertus de respect & d'honneur:
Qu'IL l'estime si digne, & si plein de bon heur,
Que voulant obtenir vne grace certaine,
Par les mains de DV-PONT, LA-VERVNE IL estrene.

FIN.

LE BON-IOVR

DE R. DE B. EN REPONCE AVX

NIHIL.

NEMO.

QVELQVE CHOSE.

TOVT.

LE MOYEN.

SI PEV QVE RIEN.

ON.

IL.

A PARIS,

Chez Estienne Preuosteau, demeurant au mont S. Hilaire, rüe Chartiere.

M. D. XCIX.

LE BON-IOVR DE R. DE B. EN RESPONCE AVX

NIHIL.

NEMO.

QVELQVE CHOSE.

TOVT.

LE MOYEN.

SI PEV QVE RIEN.

ON.

IL.

A tres-illustre Dame, Madame LOVYSE DE HAVTE-MER *Dame de Prye, de Beuzeuille, Baronne de Toussy &c.*

BON-IOVR.

INFANTE de vertu, Parangon de noblesse,
Fauorite du Dieu à Phœbeenne tresse,
Si ce Dieu m'auoit faict ce fauorable honneur,
Que d'estre assis au renc de quelque Bon ioüeur,
Comme petit vassal de vostre docte Muse,
I'appendrois (volontiers) ma sourde Corne-muse
Aux piedz de vostre Luth. Mais las! ie ne sçay RIEN,
Aussi n'ay de PERSONNE apris à dire bien:
Que si ie chante vn vers, ou si ie dy en prose
Quelque fresle subiect; si n'est ce QVELQVE CHOSE.
Vous pouuez TOVT chanter, mais ie n'ay LE MOYEN
QVELQVE CHOSE lyrer, TOVT, ny SI PEV QVE RIEN,
Car ON, a TOVT, chanté, ON est docte & fluyde.

IL, a cœuilly des fleurs au mont Heliconide,
Aussi ON, n'a permis à qui n'a LE MOYEN
De luther (comme à moy) vn ær Corinthien
Ou QVELQVE CHOSE feust: ny que RIEN ON appelle
L'ær dont ie rebatz l'ær dessus ma Chanterelle.
Mais s'il fut oncq' permis (à vassal) par honneur,
D'offrander quelque homage aux piedz de son Seigneur,
Quoy que ie n'aye RIEN, ie ne veux que ma Muse,
Pour vous homager RIEN à RIEN ioüer s'amuse:
Mais estant par de ça, ains que faire retour,
Ma Muse à chef tout nud vous donne le BON-IOVR.
Souhaitable BON-IOVR! que Iupin le Bonaçe,
Sur MONSEIGNEVR, & vous, & vostre noble race,
Face eternellement renaistre tour à tour:
Vn BON-IOVR vaut trop mieux que RIEN & son atour.
Dieux! qu'ON se rit de RIEN, & ne sçay qu'il me semble
D'ON, de SI PEV QVE RIEN TOVT QVELQVE CHOSE, ensemble,
Du MOIEN, DE PERSONNE, ombrageux rodomontz!
Qui peuuent (disent ilz) faire enfanter les montz!
O qu'ON a de pouuoir, rodomache Espagnolle
Qui Vlysse pourroit prendre les filz D'Eolle,
Et comme Icare aussi voller parmy les ærs,
Mais (malheur) comme luy choir aux riues de mers:
Et ce MOYEN, ON, RIEN, qui l'vn l'autre desire
Comme IL dit faire TOVT par sa Philosophie.
Mais n'en desplaise à RIEN, ny à son maistre aussi
Oncques RIEN, ne fut RIEN, Madame de Toussi,
Quoy qu'en le fredonnant, sur son Luth il extolle,
Son RIEN, au plus grand prix du metail de Pastolle,
Si n'est-ce RIEN pourtant. Car RIEN ne se voit point,
RIEN dans cest vniuers ne tient forme ny point:
RIEN n'estoit point encloz dans la masse confuse:

Penſant donc châter RIEN de RIEN meſme, ON ſ'abuſe.
Car encor fallut il, quand il chanta ſon RIEN,
Qu'il pinçetaſt les nerfz de ſon Luth Cinthien,
Il agiſſoit (touſiours) il n'eſtoit ſans RIEN faire,
Des touches de ſon Luth il touchoit le repaire,
Et chantoit doucement d'vn vers delicieux,
L'entre-coupe nouueau, de ſon poulce nombreux.
Auſſi RIEN n'eut oncq' eſtre en la machine ronde,
Qu'on ne cherche donc RIEN en ce terreſtre monde,
Ceſt mener dancer l'ær, c'eſt chanter vn abus
C'eſt depamprer pour-neant, les Lauriers de Phœbus,
Que PERSONNE ne peut, n'ayant point d'apparence.
Hé que pourroit PERSONNE en deffaillant d'eſſence?
Hé que pourroit PERSONNE, en ceſt humain contour
Sy PERSONNE n'eſtoit eſcleré d'vn BON-IOVR?
Nous ſerions des hibouz, des freſayes, & choettes
Phamphares du malheur qui doit choir ſur noz teſtes.
Si PERSONNE ne heurte ô Dieux! ou d'on l'œil:
A qui veut ON ouvrir? PERSONNE n'eſt au ſeuil
Attendant pour entrer: SI PERSONNE n'eſt née,
PERSONNE n'eſtant point, c'eſt d'ær vne poingnée.
Auſſi PERSONNE n'a en ceſt humain ſeiour
Pouuoir de faire RIEN, ſans l'eſtre d'vn BON-IOVR.
Ie voudrois demander à TOVT le monde enſemble,
Si i'auois le pouuoir, qu'il me diſt ſ'il luy ſemble,
Si IL pourroit agir QVELQVE CHOSE de bon,
Sans vn heureux BON-IOVR, qu'en dit il? qu'en dit ON?
Ie dy que non: car lors que la nuytalle robbe,
De ſes ſombriſſantz plis VN BON-IOVR nous deſrobe,
ON n'agit RIEN de bon, ON n'a pas le MOYEN,
De QVELQVE CHOSE œuurer, TOVT, ny SI PEV QVE RIEN,
Vn bõ MOYEN n'eſt point, qu'vn BON-IOVR ne le dõne.

Car qui œuure de nuict, il fait œuure Plutonne,
Il chemine en tenebre, en filz Plutonien:
Son œuure ne vaut RIEN, ny aussi PEV QVE RIEN.
La Deité triple-vne est de lumiere pere,
Qui aux celestes corps, influë la lumiere,
Et donne LE MOYEN, aux corps superieurs,
De commander ça bas, aux corps inferieurs.
Il faut doncq', que selon la fatalle influence,
Qu'ilz influent aux iours, les iours à la naissance
Des corps inferieurs, soient bons, ou soient mauuais,
Qu'ON remette le TOVT, à leurs fatalz effetz.
Il n'y a doncq' MOYEN que RIEN cy bas ON œuure,
De Bon, si vn BON-IOVR ne preside à TOVT œuure.
Vn BON-IOVR vaut doncq' mieux, qu'ON, & SI PEV QVE RIEN,
Vn BON-IOVR donne à TOVT, & l'estre, & LE MOYEN.
Lors que Dieu commença l'origine du monde,
Ce fut en vn BON-IOVR, & sa sainte feconde,
De BON-IOVR, EN BON-IOVR iusques à six BONS IOVRS,
Sans trauail, trauailla en ses mondains atours:
Au septiesme BON-IOVR, ce trois fois sainct Orfeure
Se voulut reposer à contempler son œuure.
Qui peut plus qu'vn BON-IOVR ? qui tout diuin incline,
A l'inclination de nostre force humaine?
Vn BON-IOVR fit il pas le phlegons du Soleil
Retarder? pour dix Rois & tout leur appareil
D'vn ost mettre dix ostz tous à mort ou en fuyte,
Souz Iosué le chef du peuple Israëlite?
Vn BON-IOVR fit il pas passer tout Israel
La Mer rouge à pied sec? que Pharaon cruel,
Le pistollet aux reins couroit, lors qu'Amphitrite

Desemmura ses murs contre son exercite?
Qui fit que ce BON-IOVR, fit targuer Pharaon
Et son ost tout armé au fleuue d'Acheron.
Vn BON-IOVR fit il pas qu'vne main infantine
Foula l'orgueil aux piedz de la gent Philistine?
Lors que d'vn coup de fronde vn sainct Bergerotin
Terrassant esgorgea le Geant Philistin?
Vn BON-IOVR fit il pas qu'vne Iudith iolie
D'Holopherne tarqua tous ceux de Bethulie?
Lors que l'Assirien de drapeaux bigarrez
Les escarpez vallons & les Tertres stamprez
Couuroit & de soldatz, & d'instrumentz de guerre,
Plus madrement que n'est la face de la terre
Lors que l'astre du iour (pere du doux printemps)
De cent mille couleurs esmaille prez & champs?
Trempant virillement la courageuse vefue
Au sang Holophernois d'Holopherne le glaiue:
BON-IOVR qui desiouta le camp Assirien
Et qui desassiegea le mur Bethulien.
Bon DIEV hé! qui pourroit chanter dessus sa Lyre
Combien vaut vn BON-IOVR en cest humain Empire!
Deifique BON-IOVR, ne sille encor ton œil,
Ains sers moy de Phœbus à chanter vn reueil
A deux almes BON-IOVR, dont la sainte lumiere,
A fait choir maintz espritz, dans maint abysme noire.
Vn BON-IOVR fit il pas ce grand Prestre muet?
Lors que l'Ange luy dit que son Elisabeth
Auroit S. Iean à fils (bien qu'elle fust sterille)
Qui ioüroit au desert du luth de l'Euangile?
O sainct alme BON-IOVR! des BONS-IOVRS le BON-IOVR!
Qui descendant ça bas de la celeste cour,
Six mois apres celuy du Prestre Zacharie,

Vins angeliquement à la VIERGE MARIE
Annoncer, peu apres qu'ell' congneust son Iosef,
Que Vierge elle enfantroit sans virginal meschef,
Vn filz nommé IESVS, qui au prix de sa vie
Racheteroit les siens du peché de l'enuie.
Vn BON-IOVR fit il pas que Noé fut chargé
De promptement bastir? (ou estre submergé
Et luy & sa famille alors que les Najades
Aux montz Armeniens firent leurs Carollades)
Vne Arche d'Alliance, & vn autre BON-IOVR
Fit il pas à Neptun chez luy faire retour?
Vn BON-IOVR sauua donc Noé & sa famille,
Vn BON-IOVR n'est donc pas comme RIEN inutille,
Puis qu'vn BON-IOVR a fait en s'aidant de Noé,
Que tout le genre humain est ça bas renoé.
Comme TOVT du depuis en croissant d'aage, en aage,
La race de Noé accroit son parentage,
Veu mesme qu'vn BON-IOVR a droit de se vanter,
D'auoir fait à Noé inuenter & planter
La vigne le premier, dont la liqueur vermeille
Les sens du fange-né assopit & resueille,
Sans laquelle, Charon, blesme, ne suffiroit
A passer les humains que la Parque turoit.
Vn BON-IOVR fit il pas qu'au lieu de Mardochée,
La charongne d'Amon fut au gibet branchée?
Et au pere Ionas franchir la palle mort
Au Batheau Baleineau qui le remit à port?
Que pouuoit on huy plus souhaiter en France
Qu'vn BON-IOVR chasse Mars, & la Paix nous enfance?
On n'a SI PEV QVE RIEN, car ON a TOVT perdu.
TOVT estoit corrompu, TOVT estoit esperdu,
On n'auoit nul MOYEN, MOIEN estoit en route,
Il ne nous restoit RIEN, qu'vn BON-IOVR en escoute:

Qui

Qui euſt donné au Roy DIEV aidant les moiens,
Que comme il a chaſſé l'Eſpagnol d'Amiens,
Vn BON-IOVR euſt planté la Bourbonnoîſe enſeigne
Malgré tous les Bellons ſur le nombril d'Eſpaigne.
SI que les Myrmidons, du viel Roy Yberois,
Euſſent fait tous homage au ſceptre des François,
Mais BON-IOVR nous ouurant ſa barriere iournalle,
Nous a donné en France vne Paix generalle,
Qu'ON a ouy publier, à maints clerons retors,
Dont le phamphare exille & Bellonne, & Mauors;
Qui fait que ſur ce point à fredonner ſ'amuſe,
Pour en chanter l'Io ma iournalliere Muſe.
   IO, IO, qu'ON chante IO, François à ceſte fois
Qu'ON chante à ce BON-IOVR IO, IO, tous d'vne voix
Au retour de la paix, la ſaincte ſœur d'Aſtrée:
Qui quitant de Iupin la celeſte contrée,
En faueur d'vn BON-IOVR, eſt reuenue encor
Ramener aux François l'antique Siecle d'or,
Et ſ'enlouurer au cœur de Henry quatrieſme
Pour paiſible tenir ſon royal diademe.
   Eſpritz artiſtement doctes de bout, en bout,
Qui immortaliſez RIEN, QVELQVE CHOSE, & TOVT.
IL, & SI PEV QVE-RIEN, ON, LE MOIEN, encore
Dites en bonne foy qui fit que l'ON honore
Voz vains doctes eſcritz? fut-ce pas vn BON-IOVR?
Qui vous enthouſſiaſma de les enfenter? pour
Leur faire voir le iour au Ciel de noſtre France,
Soubz les nombreux accentz d'vne iuſte cadence?
   S'au Tableau de mes vers, mõ BON-IOVR eſtoit peint,
Comme vous euſſiez peu luy apeller le teint,
(Si du neuuain pinceau l'euſſiez voulu pourtraire)
Facond IL euſt bien toſt ſouffert le caractere:
Mais IL n'a le MOYEN, quoy qu'IL donne au MOYEN

MOYEN de Moyenner, QVELQVE CHOSE de RIEN,
Car vn BON-IOVR est plus que TOVT, le MOYEN, riche,
Et de tous ses MOYENS n'est auare, ny chiche.

Estes vous soufreteux, de pauureté cousus?
Vn BON-IOVR vous fera plus riche que Cresus.
N'auez vous rien apris en dix ans à l'escole?
Vn BON-IOVR vous rendra plus docte qu'vn Sceuole.
Hayssez vous à mort quelque viel ennemy?
Vn BON-IOVR vous rendra plus amy qu'ennemy.
N'auez vous poinct d'espoir à vendange qui vaille?
Vn BON-IOVR vous fera r'enforcer de futaille.
Aymez vous vne dame & ne vous ayme poinct?
Vn BON-IOVR la fera vous aymer de tout poinct.
Vous sembleil que Cerés peu de grains vous apreste?
Vn BON-IOVR vous fera fermer voz tas au feste.
Cherchez vous en la Mer quelque Indien Thresor?
Vn BON-IOVR vous fera reuenir chargé d'or.
Soufrez vous sur Neptun des orages la guerre?
Vn BON-IOVR vous fera cesser ventz & Tonnerre.
N'esperez vous en court d'vn l'ong procez la fin?
Vn BON-IOVR vous d'onra l'arrest en parchemin.
Sy vn homme est pagnotte & de raçe poltronne,
Vn BON-IOVR le fera hardy à la Bourbonne.
Estes vous prisonnier de volleurs inhumains?
Vn BON-IOVR vous fera eschaper de leurs mains.
S'vn homme est apostat, renegat, heretique,
Vn BON-IOVR le fera sainctement Catholique.
Bref y eust il mille ans, qu'ON vous fit enterrer,
Vn BON-IOVR vous fera tout vif ressusciter.

O sainct Alme BON-IOVR! BON-IOVR! mais bien ter-(rible
Aux peruers, & aux bons sainct BON-IOVR indicible,

O DEITE TRIPLE-VNE! ô facteur des BONS-IOVRS!
Ie sçay que i'ay for-faict, en cent mille destours,

Donne moy VN BON-IOVR (Bon DIEV) de repentance,
Qui tarisse le cours de ma noirastre offence:
BON-IOVR qui chasse au loing mes forfaictz vicieux
Pour ne voir (à mon damp) ce grand grand iour yreux!
Si que de mon Salut ce BON-IOVR, ne permette,
(Fauory de ta main) qu'à senestre me jette.
Ains que ta destre main me veuille tant priser
Qu'ell' me retire à soy pour m'enparadiser:
Affin qu'à tout iamais ie tonne ta loüange
De Thule, iusqu'au Nil ? & d'Athlas, iusqu'au Gange.
Or i'eusse eu grand desir de chanter les vertus,
Dont Mon-Seigneur & vous, vous estes reuestus
(MADAME) mais les rays de voz vertus solaires,
M'enpharent si tresfort d'honorables lumieres,
Que cuydant sur ma Lyre en passer vn fredon,
Ma Muse s'ebloyt & ioue à l'abandon:
Car l'on scay que Monsieur a de l'honneur (MADAME)
Assez pour enrichir vn royal Diademe.
Puis mon BON-IOVR si rauque& sombreusement l ruyt,
Qu'aux yeux de vostre Esprit semblera vne Nuyt,
Tellement qu'il ne peut prez de RIEN trouuer place,
Si de vostre Phœbus il n'a la bonne grace.
Qui a de son Seigneur (selon DIEV) la faueur
Il peut aller par tout soubz le guydon d'honneur.
Ce qu'indigne (attendant) i'entre-oy sonner l'orloge,
De mõ BON-IOVR: qui faict, que mon Phœbus desloge,
Pour aller de Thetis sommeiller au dortoir,
Et pour à son retour vous donner le BON-SOIR.

FIN.

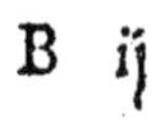

SONNET A LADITE DAME.

NAture de long temps des beautez faisoit trye,
Qu'auare elle espargnoit, pour donner aux humains,
Mais le Ciel luy força ses naturelles mains,
Et en doüa de tout la BARONNE DE PRYE.
Toute fleur de beauté prez la sienne est flestrye,
Vertu, noblesse, honneur, sur son front sont depeintz,
Les roses, les œilletz, y vermeillent leurs teinctz,
Comme au soleil d'honneur de toute la patrye.
C'est vn Phœbus de paix, dont les rayons brillantz
Chassent à l'arryuer les brouïlatz discordantz
De la iaunastre enuye : allors qu'ell'les descouure
Au cœur de ses subiectz, qu'elle en faict exiller,
Pour y faire Iustice, & la Paix hosteler.
Heureuze la contrée où la Paix faict son Louure.

HVYTAIN A ELLE MESME.

IE ne fais poinct (Madame) en ce petit discours
(Pour vous le dedyer) d'epistre, ou de pre-façe,
Pour chatouiller les sens de vostre bône grace,
Comme l'on a de faire accoustumé tousiours.
Pour soubz vostre faueur entreprendre vn long cours,
Dans l'oblique vnyuers de ceste humaine trace :
Mais bien pour mon debuoir, il faut que ie le face,
Et puys le vassal doibt au Seigneur les BONS-IOVRS.

BIBLIOTHÈQUE ROYALE

www.ingramcontent.com/pod-product-compliance
Ingram Content Group UK Ltd.
Pitfield, Milton Keynes, MK11 3LW, UK
UKHW020315220726
13923UKWH00003B/1166

9 782019 309435